ullstein

Das Buch

Die Roosevelt-Siedlung ist in Aufruhr. Der Graupapagei Goethe, das umstrittenste Sprachtalent seiner Spezies, liegt tot in seinem Käfig. Sein leicht reizbarer Eigentümer Dr. Hiller ist überzeugt: Es war Mord. Und er hat sofort einen Hauptverdächtigen, nämlich Elvis. Dessen Besitzer Max hingegen weiß, dass sein Kater so etwas nie tun würde. Außerdem gibt es Ungereimtheiten, die aber nur einem Katzenbesitzer auffallen können. Gemeinsam mit Elvis beginnt Max zu ermitteln, während Dr. Hiller rücksichtsloser denn je Jagd auf die Katzen in der Siedlung macht …

Der Autor

Max Zadow, geboren 1986, hat Geographie studiert und lebt in der Nähe von Köln. Seit Sommer 2012 ist er eher unfreiwilliger Katzenbesitzer. Trotz aller Meinungsverschiedenheiten zwischen Kater und Autor ist der allabendliche Spaziergang Pflichtprogramm für die beiden Herren.

Von Max Zadow ist in unserem Hause bereits erschienen:
Elvis hat das Gebäude verlassen

MAX ZADOW

MORDSKATER

Ein Fall für Elvis

Ullstein

Besuchen Sie uns im Internet:
www.ullstein-taschenbuch.de

FSC www.fsc.org
MIX
Papier aus verantwortungsvollen Quellen
FSC® C083411

Originalausgabe im Ullstein Taschenbuch
1. Auflage Juni 2016

Umschlaggestaltung: ZERO Werbeagentur, München
Titelabbildung: © FinePic®, München (Illustration);
Getty Images/Photodisc/Siede Preis (Katze)
Satz: KompetenzCenter, Mönchengladbach
Gesetzt aus der Berkeley Old Style Std
Druck und Bindearbeiten: CPI books GmbH, Leck
Printed in Germany
ISBN 978-3-548-28670-9

Für den Kater, der völlig gelassen bleibt,
während sich die Menschen um ihn herum
mal wieder wie die letzten Trottel benehmen

Vorwort

Eine Kritik von Dr. Ferdinand Hiller

Mit großer Verwunderung habe ich zur Kenntnis genommen, dass auf das alberne Debüt des – fast möchte man sagen »Schmierfinks«, doch damit tut man dieser wunderbaren Vogelart aus der Ordnung der Sperlinge wohl Unrecht, daher: – »Schreiberlings« *Max Zadow* nunmehr ein Anschlusswerk folgt. Dabei indiziert bereits der Titel *Mordskater* mit seiner dumpfen Doppeldeutigkeit, auf welch plump-proletarische Humoristik sich der Leser einzustellen hat. Ebenso wird deutlich, dass sich der Autor nicht zu schade ist, auf sein eindimensionales Erstlingswerk, das als »unterhaltsame« Lektüre für einfältige Katzenliebhaber bereits in einer unteren Liga literarischen Schaffens rangiert, eine noch niederere, wenn nicht gar *die* niederste Form literarischen Schaffens folgen zu lassen: den Katzenkrimi.[1]

Ein Fall für Elvis – dieser Rückzug auf die beiden einfachsten Elemente jedweder Erzählweise – die dem Grunde nach stets schlichte Struktur des Kriminalromans einerseits und die Fokussierung und Vermenschlichung eines (Haus-)Tieres andererseits – dient vermutlich dazu, das Dilemma zu kaschieren, welches der Autor heraufbe-

1 Anmerkung Max Zadow: Das gebe ich so an Akif Pirinçci weiter.

schworen hat: So verdünnt die Fortführung einer eigentlich erschlossenen Dramatik in der Regel die Dichte des Stoffes. Als Faustformel des kreativen Schaffens ist insoweit zu konstatieren, dass eine Fortsetzung niemals an die Größe des Erstwerkes heranzureichen vermag.[2] In diesem Falle kann man allerdings – zum zweifelhaften Glücke des Autors – festhalten, dass bereits *Elvis hat das Gebäude verlassen* die erzählerische Messlatte so niedrig angelegt hat, dass das weitere intellektuelle Herabsinken der Fortsetzung für die geneigte Leserschaft äußerst sanft ausfällt.

Diese geistige Anspruchslosigkeit setzt sich auch im Titelbild des Buches fort. So sei mir der Hinweis erlaubt, dass es schlechterdings jedweder Logik entbehrt, dass auf den Titelbildern beider Werke dieselbe Katze abgedruckt ist – bei *Mordskater* allerdings in gespiegelter Form. Aufgrund der asymmetrischen Maserung des Felles kann es sich dabei aber schlichtweg nicht um dasselbe Tier handeln. Dies ist denklogisch völlig ausgeschlossen. Ferner wurzelt in der Auswahl eines beige-weiß-schwarz-gescheckten Katers als Protagonist ein noch viel größeres Übel, dessentwegen den offenbar auch naturwissenschaftlich unerfahrenen Autor neben der literarischen Anspruchslosigkeit noch das Verschulden mangelnder Recherchetätigkeit trifft. Aber diese Problematik sei der eigentlichen Lektüre entnommen, sofern man trotz meiner eindeutigen Warnung nach wie vor geneigt sein sollte, umzublättern und sich in die kleingeistige Welt des Verfassers zu begeben.

Dr. F. Hiller
im Frühjahr 2016

2 Anmerkung Max Zadow: Außer *Terminator 2*, der ist ja wohl tausendmal geiler als *Terminator 1*!

Prolog

Angry Bild

Aus einigen Wohnzimmerfenstern flackert nahezu synchron bläuliches Bildschirmlicht und erhellt den ansonsten stockfinsteren Garten. Vermutlich verfolgt die halbe Nachbarschaft die schwermütige Ermittlungsarbeit im jüngsten *Tatort*.

Nicht weit von den Projektionen des Fernsehkrimis entfernt bekämpft ein nächtlicher Rächer die ganz realen Umtriebe in dieser Stadt. Mit langgezogenem und leicht vorgebeugtem Oberkörper hockt der schwarze Schemen auf dem Mülltonnendeckel. Im Kontrast zu dem flackernden Blau sieht es fast so aus, als würde der Körper von einem langen dunklen Cape umschlungen. Sein Blick ist konzentriert auf das Ungeziefer am Boden gerichtet. Nur der Kopf mit den spitzen Ohren bewegt sich ab und an, wenn er ein Rascheln aus einer anderen Himmelsrichtung taxiert.

»Da-da da-da, da-da da-da, Bätmäään!!!«, geistert die Serienmelodie durch meinen Kopf. Wenn er Batman sein darf, dann bin ich wohl Robin. Und Laura ist dann …

»Mir ist kalt«, mosert Catwoman und schlingt die Lederjacke noch enger um ihren Oberkörper.

Batman wirft ihr einen irritierten Blick zu. Doch nur kurz, denn irgendein Rascheln lenkt die Aufmerksamkeit des düsteren Superhelden wieder auf die Blätter zu seinen Füßen. Ich folge dem Blick, kann aber absolut nichts erkennen. Trotzdem starre ich ebenso gebannt auf die Stelle, wo der Kater sein nächstes Opfer vermutet.

»Außerdem ist das hier total langweilig.«

»Psst! Vielleicht fängt Elvis gleich was!«, flüstere ich.

»Schön für ihn«, konterkariert Laura die von mir gewählte Dezibelzahl. »Ich gehe jetzt wieder rein. Elvis wird es uns sicher vorbeibringen, wenn er was fängt.«

»Früher hast du mir begeistert Fotos von *jeder* toten Maus geschickt! Und jetzt interessiert dich die Katze wohl gar nicht mehr, was?«, sage ich vorwurfsvoll und betone dann ebenfalls deutlich lauter: »Das ist doch nicht normal.«

»Ich habe dir einmal *ein* Foto von *einer* toten Maus geschickt«, korrigiert mich Laura. »Du hingegen rennst seit über einem halben Jahr fast jede Nacht mit der Katze um die Häuser. *Das* ist nicht normal!«

»Nicht so laut!«, will ich noch sagen, doch die Warnung kommt zu spät.

Auf einer Loggia nicht weit von uns ist ein empörtes Krächzen und das Klirren von Gitterstäben zu hören. Sechs Augenpaare richten sich erschrocken auf den einzigen Teil des Gartens, der nicht in mattblauem Fernsehlicht flimmert, sondern in ein dunkles Rot getaucht wird. Schuld daran ist eine überdimensionierte Wärmelampe, die direkt auf einen verhängten Papageienkäfig gerichtet ist. Vermutlich könnte man schon durch das bloße Abschalten des Heizstrahlers die globale Erwärmung um anderthalb Grad verringern.

»Oh nein«, flüstere ich, »auf keinen Fall sollten wir Goebbels wecken!«

»Goethe«, verbessert mich Laura ebenfalls flüsternd,

»der Vogel von den Hillers heißt Goethe! Wir hatten darüber gesprochen.«

»Ein verdammter Nazi-Papagei ist das!«, nuschele ich und entgegne dann schon wieder deutlich lauter: »Und guck dir den Balkon doch mal an. Mit der roten Tauchalarm-Beleuchtung sieht das doch wirklich aus wie das Innere eines deutschen U-Boots im Zweiten Weltkrieg.«

»Ist halt ein Wärmestrahler«, entgegnet Laura achselzuckend.

»Jaja, der Graupapagei soll es auch im Winter im Freien genauso warm haben wie seine zurückgebliebenen graauniformierten Verwandten in Südamerika«[3], schimpfe ich. Unnötig laut. Leider. Denn diese unterschwellige Beleidigung will der Vogel offenbar nicht auf sich sitzen lassen und plärrt seinen Unmut heraus: »Hidla! Hidla! Hidla!«

Das Geschrei ist so laut, dass es selbst durch die geschlossenen Fenster zu hören sein dürfte. Elvis, Laura und ich gucken uns erschrocken an. Instinktiv verweilen wir in gebückter Haltung und tatsächlich zeigt sich hinter der ein oder anderen Gardine ein Nachbar, der verärgert den Kopf schüttelt. Nach einer gefühlten Ewigkeit, in welcher der wütende Vogel vergeblich versucht, den Namen seiner Besitzer in phonetisch und politisch korrekter Weise auszusprechen, öffnet sich endlich die Balkontür. Frau Hiller – schon im Nachthemd und mit einer überdimensionierten Schlafmütze auf dem Kopf – hüpft aufgeregt zum Vogelkäfig: »Mein lieber Goethe, du Guter! So beruhige dich doch!«

Kein Mensch kann sich beruhigen, wenn ein aufgedreh-

---

3 Anmerkung Dr. Ferdinand Hiller: Der Graupapagei stammt aus Afrika.

ter Mops mit komischem Hut vor einem herumspringt – und ein geistig gestörter Papagei, dessen Hirn rund um die Uhr mit einer Wärmelampe gegrillt wird, schon gar nicht: »Hidla! Hidla! Hidla!«

»Du musst nicht immer so laut ›Hiller‹ sagen«, versucht der Mops ihn zu beruhigen.

»Sagt der auch gar nicht«, schimpfe ich leise.

»Sag doch mal lieber ›Korn‹, du Guter!«

»Hidla!«

»Nein, erst sagst du ›Korn‹. Dann bekommst du auch was!«, befiehlt Frau Hiller und schüttet dann inkonsequenterweise doch noch etwas Futter in den Hängenapf. Die Disziplin auf deutschen U-Booten ist auch nicht mehr das, was sie mal war.

»Hidla! Hidla!«, freut sich jedenfalls der Vogel.

»Nein, ›Korn‹!«, wiederholt Frau Hiller noch einmal und schenkt auch noch aus einer gläsernen Sprudelflasche in den Wassernapf nach.

Gierig stürzt sich der Vogel darauf. Kein Wunder, bei bestimmt vierzig Grad im Nachtschatten und dann nur Erdnüsse in der Schale auf der Theke. Ob Diskovogel oder Nazi-Papagei, das Prinzip »Durst« funktioniert überall gleich. Nach ein paar großen Schlucken lässt der Vogel vom Wassernapf ab, rückt in die Mitte des Käfigs zurück und hidlat sich zufrieden in den Schlaf. Nicht einmal das hektische Gehüpfe seiner Eigentümerin, die alle Mühe hat, das Bettlaken wieder über den Käfig zu bekommen, scheint den Vogel jetzt noch zu stören. Als kurz darauf die Balkontür wieder zufällt, scheint es, als sei nichts gewesen. Ein letztes selbstzufriedenes »Hidla!« ist zu hören, dann herrscht wieder bläulich untermalte Stille im Garten.

»Das hat sie jetzt aber überraschend schnell in den Griff gekriegt«, stellt Laura verwundert fest, während sie sich wieder zur vollen Größe aufrichtet.

»Aber trotzdem ist das Geschrei nicht auszuhalten!«, ich tätschle Elvis den Kopf. »Irgendwann bringe ich den Scheißvogel noch um …«

Der Kater blinzelt mich mit seinen schimmernden Nachtsichtaugen zustimmend an.

Keine Woche später ist Goethe tot.

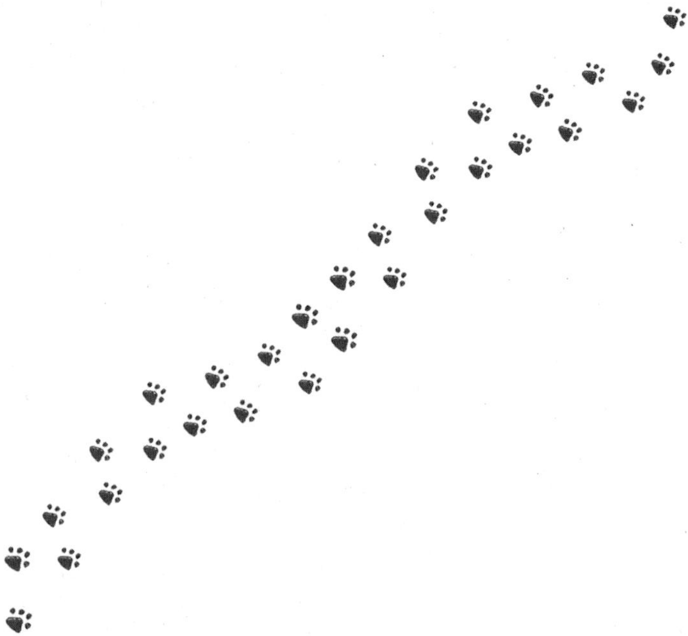

Kapitel 1

Winter is coming

»Du bist der Hausmeister«, stelle ich keuchend fest und blicke vorwurfsvoll nach oben.

»Do bis ooch en janz clever Kerlche«, grinst mich der Schnauzbart über das Balkongeländer hinweg an und klopft gefühlt das hundertste Kissen aus, »udder is dat, weil do jetz ooch uff ding Arbeid Dedektiv bess?«

Ich überhöre den zynischen Unterton: »Ich meine, du bist von Beruf ein Zusammenbauer und Reparateur von allen möglichen Sachen. Aber ein verdammtes Holzbrett kannst du nicht selber diagonal an deinem Balkon anbringen ...«

»Föhl disch leever jeehrt, dass do mih helfe darfst. För de Lück us China es dat Nohmaache vun Saache un so a janz jroßes Baselmanes«, klugscheißt der Hausmeister, während er ein weiteres Kissen irgendwo an dem Monster von Kratzbaum drapiert. Wobei Kratz*baum* eine hemmungslose Untertreibung ist. Das Ding, das Boor eben auf den Balkon gewuchtet hat, ist eher eine ganze Kratz*stadt*. Vermutlich kann man sich darin sogar verlaufen.

Ich halte erneut inne und gestikuliere wild mit der Säge in meiner Hand: »Ich hätte auch nichts dagegen, wenn du die Katzentreppe von mir *kopieren* würdest. Im Moment sieht es aber mehr danach aus, als würdest du das Teil auch komplett von mir alleine *konstruieren* lassen, während du deinem Pascha da oben einen ganzen Palast errichtest …«

Statt zu antworten, dröhnt das schallende Goldzahnlachen des Hausmeisters durch den Garten, so dass ich erschrocken zusammenfahre. Kevin hingegen zuckt nicht einmal. Besagter Pascha sitzt ungerührt auf einem der oberen Ausläufer der Kratzbaumanlage und beobachtet herablassend, wie ich ihm seine ganz persönliche Zugbrücke zu seinem Schloss zimmere.

»Das hier ist in der Tat gleich doppelt fernöstlich: Raubkopien und menschenverachtende Arbeitsbedingungen …«

»Jetz maach he ens nit su en Kasalla! Versproche es versproche!«, entgegnet der Hausmeister. »Isch bring di ooch direktemang en Kaffeepöttche un en halve Hahn.«

»Komische Kombo«, stelle ich fest, »und ist es nicht ein bisschen früh für ein Grillhähnchen?«

Der Hausmeister schüttelt den Kopf, als hätte ich etwas besonders Enttäuschendes gesagt.[4] Dann verschwindet der gezwirbelte Schnauzbart aus meinem Blickfeld. Sein hässlicher Oberaufseher passt aber weiter strengstens auf, dass ich auch ja keine Pause beim Bau der Treppe mache.

»Weißt du, Kevin, wir beide hatten so unsere Schwierigkeiten im letzten Sommer …«, sage ich zu der Nachbarskatze und passe die nächste Querstrebe auf die richtige Breite an. »Du bist ständig ungefragt auf unserem Balkon eingebrochen, hast Jagd auf Elvis gemacht und den armen

---

4 Wer ebenso wie der Autor glaubt, beim »Halven Hahn« handele es sich um ein Grillhähnchen, der findet am Ende des Buches als Leckerli wieder eine Übersetzung für das Kölsch des Hausmeisters.

Jungen ein paar Mal ganz schön zugerichtet. Und auch wenn ich es nicht beweisen kann – garantiert bist du es gewesen, der in meine Inlineskates gepinkelt hat!«

Der Kater gähnt gelangweilt.

»Jaja, ich weiß, du bist ein ganz Cooler«, winke ich ab, »so ein richtig harter Kerl. Schon namensbedingt von der Gesellschaft vorverurteilt und dann auch noch diese schlimme Krankheit, die dich so schrecklich entstellt hat …«

Ich deute auf seine kahle Stirn mit den komischen Knubbeln, die ihm den Beinamen »Klingonenkatze« eingebracht hat. Der Kater rührt sich immer noch nicht.

»Und hey, bestimmt fandest du auch nicht alles cool, was ich so abgezogen habe«, versuche ich es weiter, »also die Wasserpistole, mein nächtliches Geschrei und so weiter … Aber du musst auch mal meine Seite sehen! Ich will nur meine Ruhe. Und es muss ja echt nicht sein, dass du Elvis jede Nacht auf unserem Balkon auflauerst.«

Der Kater legt die Stirn in Falten, was so viel bedeutet wie – dass er so aussieht wie immer.

»Aber jetzt bekommst du ja deinen eigenen Catwalk«, schließe ich aufmunternd. »Das ist doch mal ein Zeichen des guten Willens, oder nicht?«

Offenbar nicht.

»Dabei ist die Sache so einfach! Du und Elvis, ihr habt jeweils eine eigene Katzentreppe, während die Hillers ihr komisches Vogelhäuschen auf der Wiese aufstellen und außerdem Goebbels auf ihrem Balkon halten dürfen«, erläutere ich der Katze die gartenpolitische Gebietsaufteilung. Dabei dient dieses Selbstgespräch wohl eher dazu, mir gegenüber zu rechtfertigen, dass ich an meinem freien Sonntag des Hausmeisters Kater ein Treppchen baue, anstatt endlich das Staffelfinale von »House of Cards« zu gucken. Und vermutlich ist das noch nicht einmal das Ende der Fahnenstange. Denn das blöde »Vogelhaus«, das Herr Hiller letzten Sommer auf der Wiese platziert hat, ist natürlich schon nach wenigen Wochen umgekippt. Der ansonsten so agile Rentner war offensichtlich nicht in der Lage, ein ausreichend tiefes Loch zu graben. Seitdem lehnt der mächtige Holzstamm, der in eine gigantische Artischocke mündet (»Der beste Vogelschutz, Herr Nachbar!«), nutzlos an der Hauswand neben dem hillerschen Balkon und wird tagtäglich von Papagei Goethe angeschrien.

»Als Nächstes darf ich bestimmt Hiller helfen, seinen Überkompensationsphallus wieder aufzustellen«, fluche ich und hämmere mit zu viel Gewalt einen Nagel in die Querverstrebung.

»Su, he kütt wat jäje ding Drissjesicht, ming Jong«, der Hausmeister balanciert zwei dampfende Tassen Kaffee und einen Teller mit Käsebrötchen um die Hausecke.

»Oh, super«, rufe ich aus. Tatsächlich hebt sich meine Laune sofort. »Doch kein Grillhähnchen?«, frage ich kauend. »Egal, das Brötchen ist mir gerade eh viel lieber …«

»Do wiß jar nix, Max Zadoof«, sagt der Hausmeister mit dröhnender Stimme.

Unweigerlich fühle ich mich an ein berühmtes Zitat aus der größten Fantasy-Saga unserer Zeit erinnert und nicke nur ehrfürchtig. Dann stehen wir mampfend vor der Balkonfront und betrachten die halbfertige Arbeit. Von oben guckt der Kater neidisch auf die Käsebrötchen.

»Ist Kevin eigentlich fetter geworden?«, frage ich schließlich.

»Och, Driss. Dat es et Winterfell.«

Macht der Hausmeister diese Anspielungen mit Absicht?

»*Winterfell*«, wiederhole ich mit leicht abgewandelter Betonung und blicke pathetisch in die Ferne. Am Horizont türmt sich eine weißgraue Wolkenfront zu einer mächtigen Mauer auf. Und obendrein staksen vom anderen Ende des Gartens zwei *Whitewalker* auf uns zu.

»*Winter is coming* ...«, raune ich dem Hausmeister zu.

»Hä?«, irritiert wendet sich dieser um und schiebt dann hinterher: »Och nü, et Balkon-Nazis ...«

Damit meint er die dritte große Partei in diesem *Game of Homes*: den promovierten Vogelliebhaber und seine Ehefrau, die seit ihrer Rente nichts anderes mehr zu tun haben, als *24/7* auf ihrem Balkon zu hocken und von dort aus die Nachbarschaft zu terrorisieren. Ihr Propaganda-Papagei leistet ihnen dabei lauthals Unterstützung. Seitdem wir die Hillers davon überzeugen konnten, dass Elvis und Kevin eher keinen Vogel-Genozid anrichten werden, hat sich die Lage einigermaßen entspannt. Dazu kommt, dass nicht nur die Katzen, sondern sogar die Hillers mit Anbruch der kalten Wintermonate weitaus mehr Zeit in der Wohnung verbringen. Der einzige verstörende Vorfall, der sich seitdem ereignet hat, war der Versuch von Herrn Hiller, Jagd auf ein Eichhörnchen zu machen. Und das war eher komisch als bedrohlich. Die Erinnerung daran, wie Hiller versucht hat, eine Tanne hochzuklettern, löst noch immer ein breites Grinsen bei mir aus. Jetzt allerdings lässt der besonders finstere Gesichtsausdruck des Doktors jedes Lächeln im Keim ersticken. Auch ist die aggressive Note im aufgeregten Wippen von Frau Hiller nicht zu übersehen.

»Guten Morgen, meine Herren«, sagt der Doktor frostig, »Gut, dass ich Sie hier antreffe.«

Genau Letzteres bezweifle ich stark. Ich mustere Hiller und versuche der Situation etwas Positives abzugewinnen. Wie er da so in seinem Morgenmantel vor uns steht, hat er trotz der schneeweißen Haare und der eisigen Miene eigentlich doch nicht so viel Ähnlichkeit mit einem *Whitewalker*. Eher sieht er aus wie der späte Hugh Hefner. Nur leider ist der Nachbar nicht für jede Menge Schmuddelheftchen verantwortlich, sondern bloß dafür, dass in den vielgelesenen Artikeln in ebenjenen Schmuddelheftchen »Betttuch« mit drei »t« geschrieben wird. Vielleicht in einem Satz wie: *Anna-Gina räkelt sich genüsslich auf ihrem Betttuch*. Ein müdes Lächeln huscht über meine Lippen und rächt sich natürlich sofort: »Was finden Sie denn die ganze Zeit so witzig, Herr Nachbar?«

»Ich? Wieso?«, stammele ich und schiebe dann auf die Schnelle nach: »Ich wollte nur freundlich Ihren Gruß erwidern, Herr Dr. Hiller.«

»Der Herr Nachbar ist mal wieder um keine Ausrede verlegen«, stellt der Doktor fest. Wo er recht hat, hat er recht. Hinter ihm hüpft seine Frau wie ein Metronom hin und her. Die Trippelschritte betonen taktgerecht das zähe Verstreichen der Zeit.

»Wat han m'r dann hück opp däm Hätze?«, fängt sich endlich der Hausmeister.

»Ich stelle hier die Fragen!«, schneidet Hiller die Luft, als sei dies ein Verhör aus einem schlechten Krimi.

»Wir sind doch hier nicht beim ›Tatort‹«, schimpfe ich.

»Aha!«, Hiller springt auf mich zu. Der ausgestreckte

Zeigefinger trifft mich fast an der Nase. »Sie wissen es also. Damit dürfte der Fall klar sein!«

Ich mache einen großen Schritt nach hinten und schiebe mich rückwärts am Hausmeister vorbei.

»Ferdinand, beruhige dich doch bitte!«, fiepst der Mops, »Herr Zadow meint doch den Fernsehkrimi und nicht unseren Balkon.«

Ich nicke eifrig hinter den breiten Schultern des Hausmeisters.

Hiller blickt kritisch und lässt dann die Hand sinken: »Richtig, der Herr Nachbar bemüht stets Vergleiche aus diesem billigen Medium. Aber dafür kann er nichts, das ist wohl die Generation.«

Ich erspare mir jeden Widerspruch und auch den Hinweis, dass das mit dem »nur Fernsehen« noch mal ein bis zwei Generationen früher war. Mit jemandem, der Wikipedia nur als »Wikingerpedia« kennt und YouTube für unbedeutend befunden hat, weil da jeder mitmachen kann, braucht man nicht die mediale Entwicklung der letzten zwanzig Jahre zu diskutieren. Das wäre verlorene Liebesmüh. Andererseits, es stimmt tatsächlich: Zu Grundschulzeiten war das schon schön mit dem täglichen Fernsehen. Da war die Welt noch einfach. Man hatte überhaupt nicht die Qual der Wahl, welche Serie man als Nächstes streamen wollte. Im Gegenteil, es wurde alles in fein säuberlichen Stundenhäppchen serviert. Nach der Schule hat man einfach *Sat 1* angemacht und sich berieseln lassen:

14:00 Uhr – *MacGyver*

15:00 Uhr – *Star Trek – The Next Generation*

16:00 Uhr – *Baywatch*

17:00 Uhr – *Baywatch Nights*

Dazwischen gab es ausreichend Werbung, um pinkeln gehen und Chips holen zu können.

»Dass et Jong söchtig opp de Flimmerkist es, han m'r scheer jewoß. Doför muß mer nit esu en Jedöns maache«, beschwert sich der Hausmeister. »Wat es nu lus he?«

»Vorsicht!«, zischt Hiller, »Sie brauchen sich auch gar nicht so weit aus dem Fenster zu lehnen. Vielleicht stecken Sie ja mit dem Mörder unter einer Decke! Gar kein so unwahrscheinlicher Gedanke, wenn ich mich hier so umschaue.«

Der Doktor deutet auf die Bauarbeiten für die Katzentreppe.

»Mörder?«, frage ich nur verständnislos.

Das menschliche Metronom beschleunigt deutlich.

»Es ist eingetreten, wovor ich immer gewarnt habe. Aber mir wollte ja niemand glauben. Sie haben meine Gutmütigkeit und mein Wohlwollen über alle Gebühr strapaziert. Und ich war so dumm, mich darauf einzulassen«, erklärt Hiller geschwollen. »Schlimm ist, dass ein anderer den Preis für meine Leichtgläubigkeit zahlen musste.«

Mit pathetischer Langsamkeit greift er in die Innentasche seines Morgenmantels und zieht einen ovalen Gegenstand von vielleicht dreißig Zentimetern Länge heraus, der fein säuberlich in Küchenrolle gewickelt ist. Eigentlich will mein theatralisches Gegenüber gerade die ungeteilte Aufmerksamkeit für die mumienhafte Zewa-Konstruktion in seinen Händen. Aber ich habe nur Augen für den Morgenmantel. Der hat eine Innentasche! Wie cool ist das denn bitte? Ich muss Laura unbedingt fragen, ob sie mir auch so etwas in den Bademantel einnäht. Dann kann ich sonntagmorgens immer wichtige Gegenstände daraus hervorziehen:

Bargeld, meine Pfeife, eine Taschenuhr … Wo ist meine Pfeife überhaupt?

»Schauen Sie selbst!«, reißt mich die Stimme des Doktors aus meinen Gedanken. Er hat das Bündel auf der Werkzeugkiste abgelegt und öffnet es mit vorsichtigen Handgriffen. Der Hausmeister kommt dem Paket so nah, dass mir das Fleisch gewordene Kölsch-Fass die Sicht versperrt. Kurz darauf entfährt ihm ein »Ach, do leeve Zick …«

»Was ist denn da?«, rufe ich neugierig. Doch selbst mit der besten Mops-Hüpf-Einlage kann ich hinter dem Hausmeisterrücken nichts erkennen. Die Sicht verbessert sich auch nicht, als sich der kölsche Planet einmal um die eigene Bierbauchachse dreht und irgendetwas davon stammelt, dass er kein Blut sehen könne.

»Mein Gott, Jupp, du siehst ja aus, als hättest du ein Gespenst gesehen. Was ist denn?«, frage ich. Ich versuche erfolglos, mich am Hüftgold des Hausmeisters vorbei zu beugen und realisiere, dass für einen Sekundenbruchteil ein kaum merkliches Lächeln über das Gesicht des Doktors huscht. Da ist jemand mit seiner Inszenierung wohl sehr zufrieden. Danach gräbt sich sofort wieder eine markante Zornesfalte in seine Stirn.

»Et kütt wie et kütt. Su schlemm dat es«, entgegnet Boor nur und starrt erneut ungläubig über seine Schulter. »Dat hätt ma nit mih jood jejange …«

Endlich tritt der Hausmeister zur Seite und sein latentes Maurerdekolleté gibt den Blick auf den Werkzeugkasten frei. Aus den auseinandergeschlagenen Papiertüchern strecken sich mir zwei krallenbewehrte nackte Vogelbeine entgegen. Dahinter schließt sich ein grauer Federansatz an.

Das wird doch nicht Goethe sein? Unmöglich! Oder doch nicht? Erst jetzt fällt mir auf, dass ich den Graupapagei heute noch gar nicht habe krakeelen hören. Ich beuge mich noch weiter vor, um meinen schrecklichen Verdacht zu bestätigen: Goethe liegt mit halb geschlossen Augen auf dem Rücken. Fast sieht es aus, als würde er dösen. Aber nur fast. Die zahllosen braunroten Stellen im grauen Gefieder lassen keinen Zweifel: Der Vogel ist ermordet worden.

Kapitel 2

Status Quä

»Ich muss mit meiner Anwältin sprechen«, ist das Erste, was ich hervorbringe.

Eine halbe Stunde später versinken ich und die studierte Juristin in den durchgesessenen Polstern einer überdimensionierten Eckcouch. Dem Rentnerpärchen, das rechts von uns sitzt, geht es nicht viel besser. Gar nicht so leicht, eine würdevolle Haltung zu bewahren, wenn die Polsterung unter einem circa dreißig bis vierzig Zentimeter nachgibt. Inmitten dieser ungewöhnlichen Zusammenkunft ruht Goethes Leichnam, gebettet auf einem Berg von zerknitterter Küchenrolle auf dem Couchtisch. Links und rechts davon halten ein Aschenbecher mit Kölner Stadtwappen und ein Bestellkatalog für Karnevalsartikel Totenwache.

»Et kütt, et kütt …«, ruft der Hausmeister aus der Küche über den Lärm von klapperndem Geschirr hinweg. Als er endlich wieder ins Wohnzimmer tänzelt, versucht Laura die unangenehme Stille in der Runde zu brechen und erklärt: »Schön haben Sie es hier.«

Dabei blickt sie sich demonstrativ lächelnd im Wohnzimmer um. Über sämtliche Wohnzimmerwände erstreckt sich ein gigantisches Wallpaper von der Kölner Skyline mit dem Dom im Zentrum, dessen beiden Türme alles andere weit überragen. Unterbrochen wird die Fototapete nur von einer großen Fensterscheibe, welche den Blick auf die eher triste »Skyline« des Balkongeländers freigibt. Höhepunkt ist hierbei im wahrsten Sinne des Wortes die Kratzbaum*landschaft*. Auch auf der anderen Seite der Scheibe bilden zur Freude des Hausmeisters zwei Spitzen den höchsten Punkt: Kevin sitzt immer noch oben auf und blickt neugierig mit aufgestellten Ohren in das Innere der Wohnung.

»Leeven Dank!«, freut sich der Hausmeister und stellt einen großen Teller Käsebrötchen neben dem toten Goethe ab. Ist das ein geschmackloser Witz auf Kosten des abgestochenen Papageis? Oder warum gibt es trotz ausdrücklicher Ankündigung schon wieder keine Brathähnchen? Egal, ich nehme mir noch eine Brötchenhälfte und balanciere sie in einem möglichst großen Bogen an dem leblosen Federvieh vorbei.

»Vielleicht können wir jetzt endlich zur Sache kommen«, murrt Dr. Hiller und trommelt unruhig mit seinen Fingern auf der Lehne. Er hat es offenbar eilig – vermutlich bleiben ihm nur noch fünf bis zehn Minuten, bevor ihn das Sofa ganz gefressen hat.

»Natörlich«, erklärt Jupp Boor und lässt sich in seinen Sessel fallen. »Wat welle m'r dann maache? Met die Jrav för ding Vuggel moss isch ens luhre, ob dat im Jaade loofe deit. Isch gläuve ävver scheer. Dat maache m'r scheer klor …«

»Ja, ja, Beerdigung schön und gut. Die wird der arme Goethe mit Sicherheit bekommen«, winkt Hiller ab und erklärt dann bestimmt: »Aber vor allem fordern wir Gerechtigkeit! Ich möchte, dass der verantwortliche Mörder mit aller Strenge des Gesetzes bestraft wird!«

»Jo, dat es jood.«

Der Hausmeister lächelt die Hillers freundlich an. Er scheint noch gar nicht verstanden zu haben, welchen Verdacht die beiden Rentner berechtigterweise hegen. Ohne Frage ist der Graupapagei keines natürlichen Todes gestorben. Die vielen Einstichwunden in seinem Körper zeugen nicht nur von der hemmungslosen Brutalität, mit welcher der Täter vorgegangen sein muss. Vor allem lassen die Verletzungen darauf schließen, dass entweder jemand eine Nadel als Tatwaffe geführt hat, oder – und das ist weitaus naheliegender – dass irgendjemand die Tatwaffe stets in Form von Krallen in seinen Ballen mit sich führt. Und da es eher unwahrscheinlich ist, dass *Wolverine* auf dem Hillerschen Balkon vorbeigeschaut hat, rücken zwei Vierbeiner als Tatverdächtige besonders in den Fokus: Kevin und Elvis.

»Wo war Ihre Katze denn letzte Nacht?«, fragt Hiller dann auch prompt.

»Ming Kevin? Woröm?«, fragt Boor überrascht und betrachtet angeekelt Goethes leichenstarre Beine. Dann begreift er plötzlich und erklärt blitzschnell: »Nü, Nü, et Jong hätt et janze Naach he opp de Sessel jeschlofe. Dat es ooch sing Kösse he. Doröm deit et ooch eens su finster luhre, weil isch da schun unjefragt drin plaatze dun.«

»So, so«, sagt der Doktor laut und meint so viel wie »Ich glaube Ihnen kein Wort«. Dabei mustert er die Kratzbaumanlage und die Berge von Kissen auf dem Balkon, zwischen denen Kevin gerade abtaucht. Der Kater scheint zu wissen, wann man besser die Düse macht – insbesondere wenn Dr. Hiller einen im Visier hat.

»Und Ihre Katze?«, fragt Herr Hiller schließlich an uns gewandt.

»Verrückt«, sage ich schnell, »Elvis war nämlich auch die ganze Nacht über drinnen …«

Wer ewigwährendes junges Elternglück eines Katzenbesitzers kennt, ahnt aber schon, dass das nicht so ganz der Wahrheit entsprechen kann:

22:21 Uhr – Der Kater schaut gebannt zu, wie ich die Rotweinflasche öffne.

22:23 Uhr – Elvis jagt den Korken durch die Wohnung, während Laura und ich anstoßen.

22:27 Uhr – Der Korken hat sich unter den Wohnzimmerschrank gerettet.

22:28 Uhr – Der Wein ist etwas fad im Abgang, finde ich.

22:34 Uhr – Elvis gibt die Belagerung des Schranks auf und begibt sich seufzend zu uns auf die Couch. Er schnüffelt neugierig an den Weingläsern, zieht dann aber angewidert den Kopf weg und rollt sich in Lauras Schoß zusammen.

22:51 Uhr – Ich merke an, dass der Wein beim zweiten Glas schon besser »mundet«. Meine Elitepartnerin macht mich darauf aufmerksam, dass ich absolut keine Ahnung von Wein hätte.

22:52 Uhr – Ich antworte mit einer Kitzelattacke auf ihren linken Fuß, der unter der Couchdecke hervorragt. Kreischend zieht Laura die Beine an, so dass Elvis wachgerüttelt wird. Schimpfend erhebt er sich und verschwindet, verärgert über dieses äußerst unelitäre Verhalten, aus dem Wohnzimmer.

23:47 Uhr – Kurz vor Mitternacht, das dritte Glas Wein ist leer und keine niedlichere Konkurrenz in

Sichtweite? Nur ein Idiot würde jetzt nicht die nächste Phase dieses herrlichen Samstagabends einläuten …

00:11 Uhr – Kaum im Schlafzimmer spüre ich, wie zwei Augen mit Nachtsichtqualitäten auf uns gerichtet sind.

00:12 Uhr – Das Kissen verfehlt sein Ziel. Ich ziehe die Bettdecke über unsere Köpfe.

00:21 Uhr – Etwas Haariges streift mein Bein. »Hau ab, du Perversling!« Nur noch leicht bekleidet trage ich den Kater zur Balkontür und sperre ihn auf der kalten Seite der Fensterscheibe aus.

00:26 Uhr – Aus der hinteren Ecke des Schlafzimmers starrt mich ein Vierbeiner mit aufgerissenen Augen an. Hä? Ich habe Elvis doch gerade rausgeworfen. Wie ist der denn wieder reingekommen? Oder ist das gar Kevin? Blitzartig stürze ich aus dem Bett und packe … den Stofflöwen, den Elvis regelmäßig malträtiert, wenn er mal wieder gegen Kevin verloren hat. Dann aber schnell zurück ins Bett!

00:29 Uhr – Elvis hämmert mit den Vorderpfoten gegen die Scheibe und miaut so laut, dass man es noch zwei Räume weiter durch die geschlossenen Fenster hört. Notgedrungen lasse ich Elvis wieder rein. »Wenn er sieht, dass hier nichts passiert, wird ihm vielleicht langweilig und er will wieder raus.«

00:44 Uhr – Der Kater schläft friedlich am Fußende.

01:12 Uhr – »Max, Max«, werde ich viel zu laut geweckt, »Elvis ist raus!« – »Ach, schön …«, nuschele ich nur und versinke fast sofort wieder in das Reich der Träume.

02:16 Uhr – Schlaftrunken wandele ich zur Balkontür und lasse den haarigen Wirbelsturm wieder rein. Scheiße, ich bin echt richtig hart weggenickt. »Laura, ich bin wieder wach«, sage ich. Keine Antwort.

02:19 Uhr – Elvis gesellt sich zu mir. Gar nicht mal so bequem, wie er da mit seinem gesamten Körpergewicht auf meinem Oberschenkel ruht.

02:26 Uhr – Mein Bein ist eingeschlafen. Ich bin es nicht.

02:29 Uhr – Es geht nicht anders, ich muss das taube Bein anders hinlegen. Elvis krallt sich in die Bettdecke, kann das plötzliche Wegsacken aber trotzdem nicht verhindern. Vielleicht zeigt er sich ja kompromissbereit und bleibt in der neuen Position liegen. Ängstlich starre ich über den Rand der Bettdecke auf den murrenden Kater.

02:30 Uhr – Kompromisse? Auf keinen Fall! Ich humpele zur Balkontür und entlasse die miauende Katze in die Nacht. »Das war das letzte Mal«, verspreche ich.

04:12 Uhr – Nicht nur Versprechen kann man brechen, sondern auch den menschlichen Biorhythmus: Zumindest hat sich Elvis etwas besorgt, um unseren nächtlichen Jagdtrieb anzukurbeln. Ich sehe die Maus in seinem Maul zu spät und kann nicht verhindern, dass er das arme Ding ins Schlafzimmer trägt.

04:14 Uhr – Die Maus ist noch so weit bei Bewusstsein,

dass sie weiß, wie und wo man sich am besten vor den tödlichen Klauen einer Katze und den hilflosen Fangversuchen zweier übermüdeter Menschen versteckt.

04:27 Uhr – Danke, Elvis, für das uns entgegengebrachte Vertrauen in unsere Jagdtalente und vor allem Danke, dass ich jetzt den Kleiderschrank verrücken darf.

04:34 Uhr – Jede Menge Wollmäuse und mittendrin ein aufgedrehter Kater. Nur keine echte Maus.

05:01 Uhr – Wer ist eigentlich für den dummen Spruch »Du kannst schlafen, wenn du tot bist« verantwortlich? Und wo ist die verdammte Maus?

05:19 Uhr – Endlich gelingt es Laura, die Maus hinter dem Schrank hervorzuschieben. Das arme Tier torkelt benommen über das Parkett. Ich packe den grauen Spielball, bevor sich Elvis wieder darauf stürzen kann, und trage ihn in der hohlen Hand ins Freie. Das Herz des Nagers pocht in einer aberwitzigen Frequenz und übertrifft sogar noch meinen Pulsschlag. Ich entlasse die Maus in den kalten Morgen und eile zurück ins wärmende Bett. Natürlich ist meine Hälfte schon besetzt.

07:14 Uhr – In der Küche schabt jemand wütend an der unteren Tür des Küchenschranks: Frühstück ist schon mindestens vierzehn Minuten überfällig! Wochenende hin oder her.

07:23 Uhr – Sattgefressen kehrt der Kater ins Bett ein. Es war aber auch eine anstrengende Nacht.

09:27 Uhr – Vorwurfsvoll blickt Elvis mir nach, als ich

mich mit all dem spannenden Inhalt aus der Werkzeugkiste direkt in klingonisches Feindesland begebe.

10:01 Uhr – Schon wieder Stress wegen eines Tiers. Zur Abwechslung hält dieses den Schnabel und verhält sich auch ansonsten eher ruhig.

10:46 Uhr – Der Besitzer des lautlosen Vogels hingegen ist auf hundertachtzig.

10:57 Uhr – Ich leide an akutem Gedächtnisschwund und behaupte: »Verrückt! Elvis war nämlich auch die ganze Nacht über drinnen …«

Die Juristin an meiner Seite scheint mit dieser Notlüge einverstanden zu sein und nickt zustimmend. Ich sehe Hiller an, dass er uns kein Wort glaubt. Zu Recht.

Glücklicherweise gibt Laura der Situation neuen Schwung: »Haben Sie eigentlich gesehen, wie es passiert ist?«

»Meine Frau hat den Vogel heute Morgen gefunden«, erklärt Hiller mit gepresster Stimme, »so wie er jetzt da liegt.«

Der Mops nickt bestätigend und behält die Wippbewegung bei dieser Gelegenheit gleich bei. Der stabilen Sitzlage auf der Couch ist das nicht gerade zuträglich. »Ich wollte ihm frisches Futter geben. Aber als ich das Betttuch zur Seite schob, lag er einfach tot in seinem Käfig. Unten im Sand.«

»Stand denn die Käfigtür offen?«

Der Mops überlegt kurz: »Nein, die war wie immer zu.«

»Und gehört haben Sie auch nichts?«, setzt Laura nach.

Beide Hillers schütteln den Kopf.

»Kein Schreien, kein Krächzen, irgendwas?«

»Nein, nichts.«

»Eigenartig«, bemerke ich süffisant, »das ist doch sonst nicht die Art des Vogels.«

»Vielleicht ist er überrascht worden«, gibt Frau Hiller zu bedenken.

»Ja, vielleicht«, sagt Laura und versucht, sich aus der Sitzkuhle vorzubeugen. Sie betrachtet die Leiche eingehend und schiebt hier und da ein paar Federn zur Seite, um einen besseren Blick auf die Wunden zu haben: »Schauen Sie mal, man sieht hier sehr deutlich die Einstichwunden. Es finden sich fast immer drei Löcher an einer Stelle. Wenn man diese verbindet, bilden die ein Dreieck mit mehr oder weniger gleich langen Seitenkanten.«

»Da hätt sisch ävver wä Müh' jemaach …«

»Oder das Mordwerkzeug des ›Täters‹ hat drei einzelne, spitz zulaufende Enden«, erwägt Laura eine weitaus naheliegendere Variante.

»Sie meinen, drei Krallen«, korrigiert Hiller. »Wir können die Dinge hier ruhig beim Namen nennen.«

»Von mir aus auch das«, sagt Laura, »allerdings muss Ihnen klar sein, dass die Katzen dann trotzdem nicht in Betracht kommen. Die verfügen nämlich über vier Krallen an den Hinterläufen und an den Vorderläufen sogar über fünf! Allerdings …«

»Sie sind erstaunlich gut informiert über die Mordwerkzeuge Ihrer Katze, Frau Nachbarin …«, wirft Hiller dazwischen.

»Weil ich weiß, wie viele Krallen eine Katze hat?«, perlt die immanente Unterstellung an Laura ab. »Was ich eigentlich noch sagen wollte: Die äußerste Kralle der Vorderpfote liegt allerdings etwas versetzt weiter hinten. Theoretisch ist es also möglich, dass diese beim Zupacken keine Spuren hinterlassen hat …«

»Aber selbst dann haben die Einstichstellen bei Goethe eine Kralle zu wenig für eine Katze, richtig?«, frage ich in die Runde.

»Vielleicht fehlt einer Katze eine Kralle«, bemerkt der Mops und wibbelt sich noch tiefer in die Couch.

»Udder et wur ja keen Katz, sundern 'ne and're jecke Teer …«

»Das muss doch rauszufinden sein«, rufe ich und springe auf. Alle sehen mich an, als erwarte man, dass ich jetzt gleich eine Lösung präsentiere. Notgedrungen erkläre ich in feierlichem Ton: »Herr und Frau Hiller, ich verspreche Ihnen, dass ich mich der Sache annehme.«

Laura kneift mir unauffällig in den Unterschenkel. Ich ignoriere es.

»Ehrenwort!«

»Nun gut, Herr Nachbar. Das sind große Worte«, entgegnet Hiller und erhebt sich ebenfalls. »Wir geben Ihnen zwei Tage. Danach werde ich die Sache selbst in die Hand nehmen. Dann werde ich mit aller Härte gegen die bisherigen Hauptverdächtigen vorgehen. Und das sind für mich zwei Kater namens … äh … also, Ihre Katzen, Herr … Herr Hausmeister und liebe Frau … lieber Herr … liebe Nachbarn. Äh ja …«

Namen gehören einfach nicht zur Stärke des Sprachwissenschaftlers.[5] Um die Dramatik seiner Aussage trotzdem

5 Anmerkung Max Zadow: Wer aber ein wenig kriminalistisches Gespür besitzt, darf die fehlenden Worte gerne in der richtigen Reihenfolge in die Textlücken von Herrn Hiller einsetzen: »Zadow«, »Berger«, »Elvis und Kevin« und »Boor«.

noch einigermaßen zu retten, schiebt er vorsichtshalber noch mit finsterer Stimme hinterher: »Und ich werde keine Kompromisse machen …«

Die Drohung ist unmissverständlich. Ich tausche vielsagende Blicke mit Laura aus; die schüttelt den Kopf. Doch haben wir eine andere Wahl? Achtundvierzig Stunden sind besser als nichts. Nickend gebe ich mein Einverständnis für … für was auch immer.

Inspektor *Max Zadow* blieben siebenundvierzig Stunden und neunundfünfzig Minuten, um die Unschuld seines Partners *Sir Tom Lewis* zu beweisen …

Kapitel 3

Tierische Trigonometrie

Sein kalter Atem mischte sich mit dem Tabakrauch zu einer dichten weißen Wand und nahm dem Inspektor bei jedem Atemzug die Sicht auf die Trauergesellschaft. Keine fünfzig Schritte entfernt wurde *Big Jaw* standesgemäß bestattet …

… in einem knallroten Schuhkarton von *Ara Shoes*. Das Papageien-Logo ist selbst von hier aus zu erkennen. Während der Hausmeister sichtlich Mühe hat, ein ausreichend großes Loch in den festgefrorenen Boden zu buddeln, wandert der Blick von Hiller an unserer Hausfassade entlang. Als seine Augen auf mich treffen, hebe ich die Hand zum Gruße. Doch der Rentner scheint einfach durch mich hindurchzublicken. Vielleicht nimmt er es mir doch übel, dass ich nicht an den – Zitat – »Trauerfeierlichkeiten« teilnehmen wollte. Aber ich habe echt keine Lust, mir das Gejaule vom Mops aus nächster Nähe anzuhören. Es ist ja schon aus der Entfernung unerträglich. Hoffentlich rafft sich die Hiller bald wieder, sonst ist die ganz schnell das nächste Opfer. Irgendwer scheint es ja auf nervtötende Schreihälse abgesehen zu haben. Und wer könnte es dem Täter verübeln?

Es war doch klar, dass so etwas früher oder später passieren würde. *Big Jaw »G«* war nicht einfach nur ein komischer Vogel gewesen, nein, *»G«* war ein hundsgemeiner Kerl. Einer dieser fiesen Dreckstypen, die ihren Schnabel nicht halten können und sich dann wundern, wenn sie mit einem Messer im Rücken aufwachen. Der Schreihals hatte sich einfach zu sehr darauf verlassen, dass der Ruf des verdammten *Old Spellin' Doc* ihn schützen würde. Doch da hatte er sich wohl mächtig geschnitten. Jetzt würde *Big Jaw* den Radieschen von unten beim Wachsen zuschauen und *Old Spellin'* hatte ein Problem. Ein Problem, das ganz schnell zu einem für das ganze Viertel werden konnte …

Erst als ein völlig verschwitzter Hausmeister von einem Erdloch zurücktritt, das keine zwanzig Zentimeter tief ist, wendet Hiller seinen bohrenden Blick wieder von mir ab. Er zückt einen kleinen Zettel aus seinem Jackett und entfaltet diesen mit staatstragender Miene. Nach einer gekünstelten Pause setzt er an: »Mein lieber Goethe, wie sagte dereinst schon dein Namensgeber auf wunderbarste Art und Weise …«

Sein Blick springt vom Zettel und fokussiert mich, während er weiterspricht: »Wir erschrecken über unsere eigenen Sünden, wenn wir sie an anderen erblicken.« Das ist fast so unheimlich wie wenn Kevin Spacey bei *House of Cards* plötzlich in die Kamera guckt. Allerdings ist die Stimme des TV-Präsidenten nicht so quäkig wie die des cholerischen Hillers und auch die First Lady ist nicht bekannt dafür, wie ein angeschossener Schlosshund zu jaulen. Außerdem gibt es in »House of Cards« keinen dickbauchigen Hausmeister, der gerade daran scheitert, einen Ara-

Shop-Schuhkarton würdevoll in ein kleines Erdloch zu senken. Fremdschämend wende ich mich ab, klopfe die Pfeife aus und trete in die Wohnung, um das Elend nicht länger mit ansehen zu müssen.

Im Körbchen auf der Heizung schüttelt sich Elvis und blinzelt mich vorwurfsvoll an, weil ich so lange kalte Luft hereinlasse.

»Du hast ein Leben«, sage ich neidisch.

Ich tätschle ihn am Kopf und sofort ist eine Pfote parat, die meine Hand behutsam, aber bestimmt zur Seite schiebt. Als ich seinen eindeutigen Befehl ignoriere, fährt der Kater einen Krallenansatz aus und hebelt mein Handgelenk noch weitaus deutlicher von sich.

»Ey«, fluche ich und verpasse fast, wie Goethe unter der Erde verschwindet. Der Hausmeister braucht nur zwei kleine Schaufeln Erde und der rote Karton ist gänzlich verschwunden. Es ist verrückt, irgendwie wird mir erst in dieser Sekunde klar, dass der Vogel tatsächlich tot ist. Und dass ihn irgendjemand oder irgendetwas umgebracht haben muss. Ist doch irre! Ich begutachte die oberflächlichen Kratzspuren, die Elvis auf meiner Hand hinterlassen hat. Nichts Schlimmes, morgen wird es schon nicht mehr zu sehen sein. Aber Moment mal! Warum ziehen sich da nur drei rötliche Linien über meine Hand? Wo zur Hölle ist der vierte Kratzer?

Jaw war ohne Frage erdolcht worden und es gab nur wenige, die mit Schneidewaffen so gut umzugehen wussten wie *Sir Tom Lewis*. Wenn er eine Klinge führte, konnte man fast meinen, dies sei ein verlängerter Teil seines Körpers. Vor seinem geistigen Auge konnte der Inspektor förmlich sehen, wie sein langjähriger Partner Hackfleisch aus *Big Jaw* machte …

»Elvis, bitte sag mir, dass du deine vierte Kralle gerade nur nicht richtig ausgefahren hast!« Von der fünften mal ganz zu schweigen …

Statt zu antworten drückt sich der Kater beide Vorderpfoten vors Gesicht. Viel zu niedlich. Nein, Elvis ist zu so etwas bestimmt nicht in der Lage. Der hatte doch viel zu viel Angst vor Goethe, überlege ich.

Unterdessen klopft der Hausmeister drüben im Garten den kleinen Erdhügel fest. Doktor Hiller krönt das obere Ende des Grabes sogar noch mit einer Art Grabstein. Dabei spannt sich sein ohnehin verkniffener Gesichtsausdruck noch weiter an, als er versucht, den Stein in die gefrorene Erde zu drücken. Schließlich gibt er auf und legt den Stein einfach auf die braune Anhäufung. Die »Trauergesellschaft« steht noch einige Augenblicke stillschweigend da. Das heißt, eigentlich nur schweigend, denn der Mops wibbelt schon wieder aufgeregt herum und Jupp Boor schaut mehrmals nicht sonderlich unauffällig auf seine Armbanduhr. Endlich beschließt Herr Hiller, dass dem toten Papagei genügend Ehre erwiesen wurde und entfernt sich mit andächtigen Schritten langsam vom Grab. Auf so viel Pathos folgt ein hüpfender Mops mit schwarzem Trauerhut und ein demütiger Hausmeister, der nicht genau weiß, wie er die Schaufel der Zeremonie angemessen transportieren soll.

Als die drei aus meinem Blickfeld verschwunden sind und nur noch Goethes Grab friedlich inmitten des Gartens ruht, beschleicht mich sogar die Hoffnung, dass die Sache mit dem toten Papagei auch ganz schnell vergessen sein könnte. Erleichtert fahre ich mit der Hand durch das wuschelige beige-schwarz-braune Fell des Katers. Sofort erinnern mich drei kleine Krallen daran, dass Ruhe und Behaglichkeit eigentlich nie so leicht zu bekommen sind …

Zadow fasste einen Entschluss: »Fakten. Wir brauchen harte Fakten!«

Sir Tom Lewis wandte sich desinteressiert ab. Evidentes langweilte ihn.

Kapitel 4

Mauserleum

Der erneute Blick auf den Radiowecker verrät mir, dass ich schon seit dreiundzwanzig Minuten Lauras regelmäßigen Atemzügen lausche. Ich bin mir nicht sicher, ob sie schon eingeschlafen ist. Wie lange dauert das denn bitte? Die sackt doch sonst immer sofort weg und schläft dann wie ein Stein. Elvis hingegen ratzt längst vor sich hin. Neben der akustischen Dominanz hat er es mal wieder geschafft, auch räumlich die Vorherrschaft im Bett einzunehmen: Auf dem Rücken liegend streckt er sich diagonal über uns beide aus und beansprucht damit fast zwei Drittel der Liegefläche für sich. Wie bei einem Android mit einem Softwarefehler zucken seine Gliedmaßen in kleinen, schnellen Bewegungen unkontrolliert. Dazu wackeln die Ohren und seine Barthaare tanzen auf und ab. Jaja, auch Schlafen ist Arbeit. Während ich noch überlege, ob er bloß von der Jagd auf eine Maus oder einem Kampf mit Kevin oder gar Goethe träumt, vernehme ich bei Lauras Atem eine kurze Unregelmäßigkeit: Ihre Nasenatmung wechselt mit einem leisen Knacksen und einem zufriedenen Schmatzen in eine schnarchige Mundatmung. Ein untrügliches Zeichen dafür, dass sie endlich eingeschlafen ist. Ich warte noch einige Augenblicke, dann ziehe ich vorsichtig Decke und Kater auf die

Seite und schiebe mich selbst möglichst lautlos aus dem Bett. Trotzdem reicht die kleine Erschütterung aus, um den Wackelkontakt bei der zuckenden Roboterkatze zu unterbrechen. Elvis schlägt erschrocken die Augen auf und blickt sich irritiert um.

»Ist die Maus weg?«, flüstere ich. Der Kater richtet sich auf und schüttelt dann in kräftigen Bewegungen den Kopf (Andere verrückte Katzenmenschen würden ihren Kater jetzt vermenschlichen und behaupten, er habe die Frage seines Herrchens verneint. Eine solche Idee käme mir noch nicht einmal in den Sinn ... Ach, Mist.).

Ich steige also möglichst lautlos aus dem Bett und stolpere fast über ein haariges Etwas, das mir noch zuvorgekommen ist. Für nächtliche Action ist der Kater immer zu haben. Laura und ich haben sowieso den falschen Biorhythmus und einen grundfalschen Tagesablauf. Umso spannender findet Elvis es, dass ich mich jetzt offensichtlich wieder ankleide und mir beim schwachen Schimmer meines Handydisplays den Weg zu unserer Abstellkammer bahne.

Neugierig steckt Elvis seine Nase durch den geöffneten Türspalt und schnuppert in die Dunkelheit. Ich schiebe ihn nach links, nur um ihn gleich erneut von rechts abwehren zu müssen.

»Nein, geh weg!«, raune ich. »Das werde ich alleine machen. Mit dir gibt das nur noch mehr Ärger. Und helfen kannst du mir in dieser Sache auch nicht. Schließlich kann ich nicht einen der Hauptverdächtigen an den Ermittlungen beteiligen ...«

Denn Katzenpfoten sind absolut nicht dazu geeignet, ein Loch zu graben, geschweige denn einen Spaten zu benutzen. Versetzte Krallen hin oder her. Mein Smartphone erleuchtet die Abstellkammer wie Gandalfs Zauberstab die Minen von Moria. Ganz in der Ecke, noch hinter dem Staubsauger und den Mopps müsste eigentlich noch eine alte Schaufel stehen. Vorsichtig wie bei einem überdimensionierten Mikado ziehe ich einen Besen nach dem anderen heraus, schiebe alte Staubsaugerbeutelpackungen zur Seite und zerre zwei oder drei Plastikeimer heraus. Ach, hier ist das *Batleth*, das ich mal günstig bei eBay geschossen habe. Eigentlich sollte diese traditionelle klingonische Waffe unsere Wohnzimmerwand zieren. Da muss ich auch noch mal ein ernstes Wörtchen mit Laura reden …

Unterdessen ist Elvis erneut herangeschlichen und beäugt argwöhnisch seinen häuslichen Erzfeind, den Staubsauger. Gleichzeitig ist er aber ebenso aufgeregt wegen der Mopps, die ich zutage gefördert habe. Denn Elvis hasst zwar den Staubsauger, liebt jedoch den Mopp mindestens genauso sehr. Und weil der Kater ein cleveres Kerlchen ist, weiß er längst, dass nach dem Staubsaugen meistens gewischt wird. Deswegen versteckt er sich auch nicht mehr unterm Bett, wenn das Ungetüm durch die Wohnung wütet.

Stattdessen bietet sich uns neuerdings folgendes zirkusreifes Bild: Sobald die Küchenmöbel zum Wischen gestapelt sind (Stühle auf dem Küchentisch, darauf noch der große Mülleimer), steigt die Katze hinterher und bezieht in fast zwei Metern Höhe Stellung. Dort wartet sie mit eingezogenem Schwanz den Durchmarsch des Staubsaugers mit all seinem Donnern, Dröhnen und Kreischen ab. Denn auch das schlimmste Gewitter geht einmal zu Ende. Dafür ist Elvis sofort zur Stelle, sobald das Klackern des Wischgeräts zu hören ist. Blitzschnell steigt er dann von seinem

Ausguck herab und setzt sich neben den Wassereimer, als sei der sein bester Freund. Von dort aus betrachtet er gebannt die Wischarbeit. Ich weiß nicht genau, ob es einfach nur die Fransen sind, die scheinbar von magischer Hand über den Boden jagen, ob es das schmatzende Geräusch ist, wenn sie ausgewrungen werden, oder gar der Umstand, dass danach der Boden glänzt: Auf den Kater hat das Wischen jedenfalls eine hypnotische Wirkung. Selbst wenn der Mopp ihn berührt, weicht Elvis trotz Nässe nur wenige Zentimeter zurück.

Während ich noch mit dem halben Oberkörper in der Abstellkammer hänge, schnuppert er hoffnungsfroh an einem der Plastikeimer.

»Leider nein, ich habe etwas ganz anderes zu erledigen«, sage ich und schiebe ihn wieder zur Seite. »Und jetzt lass mich in Ruhe, ich versuche hier deine Unschuld zu beweisen.«

Kurz darauf ertaste ich den Holzgriff der Schaufel und ziehe sie möglichst geräuschlos aus der Kammer. Elvis weicht vorsichtshalber wieder zwei Meter zurück.

»Bleib da!«, raune ich mit klarem Befehlston und schultere die Schaufel wie ein Gewehr. Ich mache eine abrupte Kehrtwende in Richtung Tür. Anders als der Hausmeister muss ich beim Schaufelschleppen nicht auf irgendwelche Anstandsregeln Rücksicht nehmen. Allerdings vergesse ich, dass auch für mich die Gesetze der Physik und die Grenzen des Raums gelten. In der Drehung streift das Eisen die Flurwand und bleibt an irgendwas hängen. Leider drehe ich mich so schnell, dass ich nicht mehr verhindern kann, dass der Gegenstand von der Wand gerissen und durch den halben Flur geschleudert wird. Elvis springt gerade noch zur

Seite, bevor er von dem Abreißkalender getroffen wird. Das blöde Ding nervt mich schon seit Jahresanfang. Für jeden Tag hat es einen blöden Wischi-Waschi-Spruch oder eine Pseudo-Lebensweisheit parat. In artsy-fartsy Collagen eingebettet finden sich dort Sätze wie »*Walk the milky way*«, »*Love you, honeybee*!« oder »*Wake up and be awesome*«.

»Max? Ist alles in Ordnung?«, vernehme ich Lauras verschlafene Stimme aus dem Schlafzimmer. Ich zucke zusammen. Scheiße. »Äh ... ja. *Awesome, honeybee*!«

Stille.

Ich lausche in die Dunkelheit.

Dann schiebe ich spontan noch ein schimpfendes »Verflucht nochmal, Elvis! Du blöder Scheißkater! Was soll das denn?« hinterher. Der Kater guckt mich irritiert an und nickt dann leicht vorwurfsvoll, als wolle er sagen: »Das kriegst du zurück.« (Also, wenn man ihn vermenschlichen würde ...)

»Was ist denn los?«

»Ach nichts, Laura. Elvis hat nur deinen Kalender runtergeschmissen. Ich räume das schon auf. Schlaf du mal weiter!«

Behutsam schließe ich die Tür zum Schlafzimmer. Dann werfe ich einen kritischen Blick auf den Schaden am Kalender. Da wo die Schaufel ihn getroffen hat, ist das Papier eingerissen. Außerdem hat er mehrere große Knicke und zahllose Eselsohren. Die vordersten drei Seiten für Sonntag (»*Spread a little love*«) sowie den kommenden Montag (»*Today is the day*«) und Dienstag (»*Let's find a beautiful place and get lost*«) sind völlig hinüber. Kurzentschlossen zerknülle ich die Augenkrebs-Hirnschmalz-Metastase zu einer großen Papierkugel. Ich werde das Ding jetzt einfach direkt wegschmeißen und Laura sagen, dass ihr wunderbarer Kalender leider nicht mehr zu retten war, überlege ich auf dem Weg in den Hausflur. Elvis habe da ganze Arbeit geleistet. Und in der Tat ist das gar nicht so weit von der Wahrheit entfernt. Von dem Geräusch zerknitterter Pappe angelockt, eilt der Kater wieder aus dem Wohnzimmer herbei und folgt mir ins Treppenhaus. Allerdings bekomme ich dies viel zu spät mit und um ein Haar – und das will einiges heißen bei diesem wandelnden Flokati – gerät er zwischen den Türrahmen und die zufallende Haustür.

»Junge, Junge! Schwein gehabt«, rufe ich erleichtert und deute auf seinen vom Lauf immer noch geringelten Schwanz. Der Kater ignoriert die Doppeldeutigkeit, begutachtet stattdessen das Papierknäuel in meinem Arm und erklärt dann: »Mau« – was in diesem Zusammenhang ungefähr so viel heißen dürfte wie »Ich möchte jetzt sofort mit dem Papiermüll spielen« (ganz ohne ihn zu vermenschlichen).

»Ich meine, fast hätte dich die Tür platt gemacht.«

»Mauhu.«

»Dann wäre nicht mehr viel mit dir los gewesen.«

»Mauhuhu.«

»Zumindest hättest du dir beinahe einen schweren Schwanzbruch zugezogen.«

»Mauhuhuhu.«

So reden wir noch eine Weile aneinander vorbei, während wir nach draußen treten. Dann verschluckt uns die Dunkelheit. Nur hier und da flackern Elvis' Augen im Schwarz des Gartens auf und schimmern gespenstisch. Fast so wie die Reflektoren in Fahrradspeichen. Ja okay, die werden auch »Katzenaugen« genannt. Ich sehe es ein, ganz platter Vergleich. Also, was ich sagen wollte: Elvis' Augen sind fast die einzige Lichtquelle und ansonsten sehe ich nur schwarze und graue Flächen mit wenig Kontur vor mir. Als ich die Umrisse der Mülltonnen erreiche, beobachten mich zwei enttäuschte Katzenaugen (jetzt nicht die vom Fahrrad) dabei, wie ich den Papierklumpen in den ohnehin schon überfüllten Altpapiercontainer drücke. Kurz nachdem ich mich abgewandt habe, raschelt eine Pfote in der spaltbreit geöffneten Tonne.

»Kschhhh«, fahre ich Elvis an – also dort, wo ich ihn vermute –, »reicht es dir nicht, dass dich Kalender und Haustür fast erschlagen hätten? Gegen die Müllpresse verlierst du garantiert!«

Beherzt lange ich nach dem Rascheln in der Dunkelheit. Elvis springt leichtpfotig von der Mauerkante auf meine Schulter und direkt auf den Boden. Dann schießt er zielsicher in den Garten.

»Angeber«, rufe ich ihm nach und suche dann im matten Handylicht nach Goethes vorläufiger »letzter« Ruhestätte. Elvis scheint das Leuchten irgendwie besonders aufregend zu finden und stürzt sich ohne Vorwarnung auf meinen Arm. Meine einzige Lichtquelle fällt zu Boden und sofort wird meine Umwelt wieder von der Dunkelheit verschluckt.

»Scheiße! Elvis, was soll denn der Blödsinn?«, schimpfe ich in die Nacht und lege die Schaufel vorsichtig zu Boden. »Blöde Katze.«

Während ich auf allen vieren kriechend nach meinem Smartphone taste, startet Elvis eine erneute Attacke. Er springt auf meinen Rücken und kommt in meinem Nacken zum Stehen.

»Das findest du wohl lustig«, sage ich. »Such lieber mal mein Handy!« Leider hat der Kater kein Interesse an technischem Gerät. Er wäre schon mit einer simplen Pappkugel glücklich gewesen. Aber wenn die nicht zu haben ist, dann müssen eben auch noch alle anderen darunter leiden. Den Kater – im wahrsten Sinne des Wortes – im Nacken suche ich weiter nach meinem Smartphone.

»Wirklich toll gemacht, Katze«, schimpfe ich weiter vor mich hin, während ich langsam den Abtastradius vergrößere. Da meine Bewegungen ausladender werden, ist der Kater gezwungen, sich noch besser festzukrallen. Doch leider begreift mein haariges Anhängsel nicht, dass sich nur eine seiner beiden Vorderpfoten in meine flauschige Kapuze krallt, während die andere durchaus auch das Fleisch darunter erreicht.

Zwei starke Arme hatten sich um *Zadows* Hals geschlungen. Mit aller Kraft versuchte der Inspektor freizukommen. Panik überkam ihn, als er spürte, dass der unbekannte Angreifer eine Klinge aus seinem Ärmel gleiten ließ und sich das scharfe Metall Millimeter für Millimeter in *Zadows* Hals bohrte.

»Aua«, brülle ich und rolle mich über den Boden, damit mir die Schwerkraft zu Hilfe kommen kann. Doch Elvis harrt auf meinem Rücken aus wie ein Kaugummi auf der Unterseite einer Schulbank. Die ruckartigen Bewegungen veranlassen das Tier nur dazu, sich noch besser »festzuhalten«. Wutentbrannt packe ich den Kater ebenfalls am Genick und ziehe ihn an seinem Nackenfell von mir.

»Scheiße, Elvis!«, fauche ich in die Richtung, wo sein

Gesicht sein dürfte. »Ich kann absolut nichts sehen, mein Handy ist weg und mein Nacken brennt wie Feuer …«

Ah, Feuer!

Ein zufriedenes Lächeln umspielte die Lippen des Inspektors, als der gelbe Schein seines Pfeifenanzünders eine große Steinplatte preisgab. Der darin eingravierte Name ließ keinen Zweifel daran, dass *Zadow* gefunden hatte, wonach er suchte …

»*Goethe*« ist in schwer leserlicher Handschrift mit Edding auf einen etwa honigmelonengroßen Stein gekrakelt.

»Na, dann wollen wir mal«, sage ich zu mir selbst und leuchte mit dem Feuerzeug noch einmal hinter mich, um meine Schaufel und mein Smartphone wiederzufinden. Aus dem Unterholz funkeln mich zwei große Augen an.

»Bleib du bloß weg, du geistesgestörter Fellflummi. Sonst setzen wir dich wieder auf Ritalin!«. Die beiden leuchtenden Punkte bewegen sich keinen Zentimeter. Ich nicke zufrieden und hebe die Schaufel auf, die nur unweit von mir entfernt liegt. Gleich daneben finde ich mein Smartphone wieder, dreckverschmiert und mit Sprung im Display. Vom oberen Drittel aus ziehen sich Risse in alle Richtungen.

»Verfluchte Spider-App!« Ich wische und drücke auf dem Handy herum. Wenigstens funktioniert der Touchscreen noch. Mit einem Seufzen schalte ich die Taschenlampenfunktion wieder an und lege das Gerät neben dem Grabstein ab. Dann mache ich mich daran, die sterblichen Überreste von Goethe zu bergen.

Mit all seiner Kraft stemmte der Inspektor die Schaufel unter die Kante der Platte und versuchte, den mächtigen Grabstein beiseitezuhebeln. Nur langsam gab das Granit nach. Die Muskeln des Inspektors waren zum Zerreißen gespannt. Doch Stück für Stück schob er die Kelle weiter unter die Platte und weigerte sich beharrlich, auch nur einen gewonnenen Millimeter wieder freizugeben.

Ich ergreife den Stein und lege ihn gleich neben mein Smartphone.

Zadow wischte sich den Schweiß von der Stirn und blickte sich einmal vorsichtig um. Doch außerhalb des Scheins der beschädigten Abblendlampe war ohnehin nichts zu erkennen. Mit zusammengekniffenen Lippen rammte er die Schippe in den festgefrorenen Boden. Schaufel um Schaufel grub er sich *Big Jaw* entgegen. Bald darauf erhob sich ein beträchtlicher Erdhaufen neben dem Grab und der Inspektor verschwand bis zum Oberkörper in dem von ihm geschaffenen Loch. Als *Zadow* schon glaubte, er müsste sich bis zur Hölle durchgraben, wenn er den vermaledeiten Galgenvogel noch zu Gesicht bekommen wollte, stieß die Schaufel mit einem lauten »Klonk« auf einen hölzernen, hohlen Widerstand. Er hatte *Big Jaws* Totenkiste gefunden.

Schon beim zweiten Spatenstich stößt die Schaufel nach nur wenigen Zentimetern lockeren Erdreichs auf einen labbrigen Widerstand und schiebt sich dann noch eine Handbreit weiter in einen darunterliegenden Hohlraum. Es fühlt sich so an, als hätte ich den Pappkarton durchstoßen. Hoffentlich habe ich nicht den verdammten Vogel getroffen.

Vorsichtig entferne ich das verbleibende aufliegende Erdreich. Mein Verdacht bestätigt sich: Unter dem Dreck kommt der Deckel eines Schuhkartons für Damenpumps zum Vorschein.

»Oh nein«, stöhne ich.

Zadow hebelte den Holzdeckel des Sarges auf die Seite und leuchtete mit der Abblendlampe in das Innere. Aus leblosen Augen blickte ihm der aschgraue *Big Jaw* entgegen. Der letzte Schaufelstoß hatte den Leichnam glücklicherweise verfehlt.

»Hallo, *G.*«, sagte der Inspektor nüchtern und musterte den Toten. An der einen oder anderen Stelle konnte man trotz des grauen Jacketts die zahlreichen Fleischwunden erkennen.

Doch nicht nur ich habe ein ausgesprochenes Interesse an dem toten Vogel: »Elvis, ich glaub's ja nicht.« Wieder packe ich den Kater am Nacken und hebe ihn von Goethe weg. Noch aus der Luft versucht Elvis, den wehrlosen Vogel zu erhaschen.

Es war ein Ding der Unmöglichkeit, sowohl *Sir Lewis* in Schach zu halten, als auch den Leichnam von *Big Jaw* in Ruhe zu obduzieren. Nur, wie sollte er den toten Körper eines ausgewachsenen Mannes vor *Sir Lewis* verbergen?

Kurzerhand schnappe ich mir den toten Papagei und lasse ihn in den Tiefen meiner Anoraktasche verschwinden.

»Junge, Junge! Wer hat dich eigentlich *nicht* erzogen?«, frage ich den Kater. Aber der hat keine Antwort parat. *Niemand* offensichtlich. Oder *jeder*? Verdammte doppelte Verneinungen. Während ich noch darüber sinniere, ob es

»*Niemand* hat ihn *nicht* erzogen« oder »*Jeder* hat ihn *nicht* erzogen« heißen muss, macht sich Elvis auch schon an meiner Anoraktasche zu schaffen. Sofort hebe ich den Kater wieder zur Seite. »*Niemand* hat ihn *nicht* erzogen« bedeutet doch, dass ihn jeder erzogen hat. Das kann ja nicht sein. Aber »*Jeder* hat ihn *nicht* erzogen« kann auch nicht richtig sein. Dann denkt man irgendwie, es sei auch *jeder* dafür verantwortlich gewesen. *Alle*? *Keiner*? *Mancher*? Das ergibt alles keinen Sinn. Leider bleibt mir nicht genügend Zeit, weiter darüber nachzudenken. Denn ausgerechnet die einzige Person in meinem Bekanntenkreis, die dieses sprachliche Rätsel mit Sicherheit für mich lösen könnte, wird jetzt zu einem Problem: Bei den Hillers geht das Licht an und die Umrisse eines äußerst scharfzüngigen Sprachwissenschaftlers wandern die Gardinen entlang in Richtung Balkontür. Waren Elvis und ich etwa so laut? Hektisch schütte ich das Loch zu, setze den Grabstein an seinen angestammten Platz und stürze mich hinter das nächste Gebüsch. Zum Glück hält Elvis das Ganze für ein neues Spiel und galoppiert freudig neben mir her. Keine Sekunde zu früh erreichen wir den Rhododendron. Blutrot angestrahlt betritt Kapitän Ahab sein Achterdeck. In den Händen hält er einen großen länglichen Gegenstand. Ist das etwa eine Waffe? Gar eine Harpune? Was für ein Monstrum – also, die Waffe. Obwohl, der Typ dazu eigentlich auch. Angestrengt stiert er über die Reling seiner Kommandobrücke in die schwarze Nacht hinaus. Wenn er bloß die Schippe nicht bemerkt. Mein Handy liegt auch noch da.

»Ist da wer?«, quäkt er nach einigen Momenten des stillen Starrens. »Kann ich Ihnen helfen?«

Ja, gehen Sie weg!

»Das geht jedenfalls nicht, dass Sie hier so einen Lärm machen.«

Wer macht hier Lärm?

»Sehen Sie sich vor!«

Auf jeden Fall.

»Hallo! Ich kann Sie doch da sehen!«, preit er in meine Richtung.

Fuck!

»Ich komme Ihnen wohl da hin!«

Dann eilt er in seine Wohnung zurück – vermutlich um seine Drohung wahrzumachen. Kaum ist er weg, stürze ich aus dem Versteck und eile geduckt zu meinen Sachen. Erfreut über den erneuten Ortswechsel springt Elvis an mir vorbei. Ich schnappe mir Smartphone und Schippe und klopfe in Windeseile den Erdhügel in Form. Dann haste ich mit besonders großem Sicherheitsabstand zum Hillerschen Balkon hinter der Mülltonnenumfriedung entlang. Erst als ich um unser Haus herum bin, werde ich langsamer. So war das nicht geplant. Ich wollte doch nur noch mal einen Blick auf die Leiche werfen. Und jetzt habe ich den verdammten Goethe in der Jacke …

Der Vogel in meiner Tasche wiegt keine fünfhundert Gramm und doch scheint er mich zu bremsen wie fünfhundert Tonnen Blei. Oder fünfhundert Tonnen Federn. Eigentlich völlig belanglos. Fünfhundert Tonnen sind fünfhundert Tonnen. Das ist ja eine Maßeinheit – man sagt das nur so, um deutlich zu machen, dass sich etwas schwer anfühlt. Welcher Stoff in einer Menge vorhanden ist, ist völlig gleichgültig, wenn er fünfhundert Tonnen wiegt. Fünfhundert Tonnen Federn wären in meinem Fall vielleicht sogar zutreffender. Andererseits klingt das trotzdem scheiße. Denn der verdammte Goethe fühlt sich nun einmal an wie fünfhundert Tonnen Blei in der Tasche.

Als Elvis und ich kurz darauf wieder die Wohnung betreten, ziehe ich den Vogel hervor und betrachte ihn ratlos. Wenigstens den Abgleich mit den Kratzern, die Elvis mir verpasst hat, kann ich machen. Ich ziehe die Gardinen in der Küche zu, damit der Hiller nichts sieht, falls dieser Irre jetzt noch da draußen durch den Garten turnt. So ein Idiot! Es ist doch längst Schlafenszeit! Was soll denn da bitte noch Gutes bei herumkommen?

Mit einem Lineal in der Hand setze ich mich an den Küchentisch. Der Kater springt auf die Fensterbank und beugt sich neugierig über meine Arbeit. Wenigstens hält er gebührend Abstand, während ich meine Messungen vornehme. Elvis' Kratzer auf meiner Hand liegen etwa 0,9 bis 1,1 Zentimeter auseinander. Die Wunden in Goethes Körper haben dagegen einen Abstand von 1,3 bis 1,4 Zentimetern. Aber was bedeutet das? Wenn der Kater lediglich kratzt, sind die Krallen vielleicht nicht vollständig ausgefahren. Wenn er allerdings richtig zusticht, ziehen sich die Klauen zusammen und drücken auch das Fleisch des Opfers enger zusammen. Nachdenklich kratze ich mich am Hinterkopf. Als meine Hand weiter an meinem Hals herunterwandert, ertaste ich eine ungewöhnlich raue Stelle. Getrocknetes Blut? Ach verdammt, ja, Elvis hat sich ja eben in meinen Nacken gekrallt. Eigentlich sollte ich ihn dafür verfluchen, doch jetzt kommt mir die Verwundung gerade recht. Das sind nämlich richtige Einstichlöcher und nicht nur oberflächliche Kratzer!

Ich schleiche ins Badezimmer und versuche unter schwersten Verrenkungen vor dem Badezimmerspiegel die blutjunge Verletzung zu vermessen. Die vier Einstichwunden liegen so, dass ich sie kaum sehen kann, und der Schorf macht es schwer, die jeweiligen Einstichstellen genau zu erkennen. Noch dazu tanzen die Zahlen des durchsichtigen Plastiklineals gespiegelt vor meinen Augen. Ich drehe mich mehrmals um mich selbst wie eine Katze, die nicht die richtige Liegeposition findet. Es fehlt immer ein halber Grad, um genau zu erkennen, was auf meinem Nacken los ist. Erst nach einem Dutzend Umdrehungen realisiere ich es plötzlich und muss mich zwingen, nicht vor Freude lauthals loszuschreien: Ich kann die Abstände der *vier* Stichwunden nicht richtig erkennen! Elvis hat mir mit einer Pfote *vier* Löcher verpasst! Und wenn man darauf achtet, erkennt man auch, dass die Krallen beim Eintritt ins Fleisch einen Halbkreis gebildet haben. Außerdem glaube ich eine fünfte Rötung erkennen zu können, die etwas unterhalb der restlichen vier Einstiche liegt, aber nicht bis zur durchbluteten Haut vorgedrungen ist. Eigentlich ganz logisch: Die Katzenkrallen ziehen sich beim Packen der Beute zusammen und machen es dem Opfer damit nahezu unmöglich, sich selbst wieder zu befreien. Mit der Dreiecksform, die in Goethes Körper gebohrt wurde, hat diese Verletzung kaum Ähnlichkeit.

Begeistert von dieser Erkenntnis springe ich in die Küche zurück und komme gerade noch rechtzeitig, um zu verhindern, dass Elvis den Dreiecken auf Goethes Körper noch einige Halbkreise hinzufügt. Als ich ihm das Beweisstück wegnehme, protestiert er miauend. Ich fauche ihn an und er verschwindet beleidigt in der Dunkelheit des Flurs. Kurz darauf höre ich, wie er ins Schlafzimmer tapst. Alles klar, mein Kopfkissen kann ich schon mal abschreiben, aber mit etwas Glück bleibt mir ein bisschen was zum Zudecken.

»Jetzt müssen wir nur noch ein Plätzchen für dich finden«, sage ich zu dem toten Vogel in meiner Hand, »zurückbringen kann ich dich erst, wenn da draußen Gras über die Sache gewachsen ist.«

Der Vogel des Sprachwissenschaftlers schaut mich aus toten Augen an.

»Also, sprichwörtlich gesprochen. Ich werde nicht wirklich so lange warten, bis da wieder Gras wächst. Das wäre ja noch mehr Arbeit beim Buddeln. Außerdem fällt dann auf, dass jemand nochmal an deinem Grab war …«

Der Vogel äußert sich auch dazu nicht.

»Nur wo, wo, wo lagert man einen toten Vogel zwischen?«

Vielleicht kann ich ihn ins Waschbecken legen? Nein, da kommt Elvis zu leicht dran und Laura muss das alles auch nicht unbedingt mitkriegen. Ich blicke mich weiter suchend in der Küche um. Mein Blick bleibt an der Tiefkühltruhe hängen …

Zwei Minuten später ist jeder fast genau da, wo er sein sollte. Während Goethe bestens aufgereiht zwischen drei tiefgefrorenen Puten sein langes Schläfchen im untersten Fach des ewigen Eises antritt, kuschele ich mich zu Laura und Elvis ins Bett.

Meine Bilanz der ersten vierundzwanzig Stunden Ermittlungsarbeit kann sich sehen lassen: Einen schrecklichen Kalender losgeworden, dafür dem Kater erfolgreich die Schuld in die Schuhe geschoben, gleichzeitig Elvis von dem Verdacht eines wirklich schweren Verbrechens befreit und nebenbei den Fall um den toten Goethe so gut wie gelöst. Um die verbleibenden Details kann ich mich die nächsten Tage kümmern.

Zufrieden schloss *Zadow* die Augen. Es hatte ihn alle Mühe gekostet, die Unschuld seines Partners zu beweisen und dabei …

»Verdammt, Elvis. Lass mir wenigstens die Decke! ›Partner‹ meint nicht, dass wir eine Beziehung führen, bei der man sich das Bett teilt. Du musst ›Partner‹ im beruflichen Sinne verstehen! Rein kriminalistisch-professionell!«

Elvis blinzelt unbeeindruckt und streckt sich dann noch weiter aus. Was für Partnerschaften er eingeht, bestimmt der Kater immer noch selbst.

Kapitel 5

Heimscheißer

Hätte ich das gewusst, wäre ich gar nicht erst aufgestanden: Schnee und eisige Minusgrade. Von wegen »unschuldiger weißer Mantel«. Schöne Scheiße. Alles voll damit. Die Heimfahrt von der Arbeit hat eine Ewigkeit gedauert, weil gefühlt die Hälfte all dieser verantwortungslosen Menschen da draußen immer noch Sommerreifen drauf hat. Ich habe mich an bestimmt zwanzig neuen Schadensbearbeitungsfällen vorbeigekämpft. Die nächsten Wochen im Büro werden sicher richtig lustig. Umso größer ist die Vorfreude auf die eigenen vier Wände. Doch auch hier wartet nur Arbeit auf mich, denn im Hausflur streift ein gelangweilter Kater erwartungsvoll miauend um meine Beine und behindert mich beim Schuheausziehen. Zum Glück währt die vermeintliche Zuneigung nur kurz, denn mit heftigen Schlägen gegen die Balkontür gibt Elvis mir zu verstehen, dass er sofort raus möchte. Als würde er Harfe spielen, tanzen die Pfoten über das gläserne Musikinstrument. Dazu miaut er auch noch herzzerreißend. Vielleicht sollten wir ihn doch noch in die musikalische Früherziehung geben. Doch leider steckt weniger musikalisches Talent dahinter und der Jammerlappen muss einfach nur das ein oder andere Geschäft machen. Ich gehorche und mit einem großen Satz ist der Kater an mir vorbei und am Rande des Balkongeländers.

»Mau?«, fragt er verunsichert, als er die weiße Schicht auf seiner Treppe bemerkt.

»Oha! Das könnte in bisschen rutschig sein. Warte, Junge!«

Die Kälte des Betonbodens frisst sich sofort durch meine dünnen Socken in die Füße. Schnell, schnell, schnell! Elvis blickt neugierig über das Balkongeländer, während ich mit einem Besen die zentimeterdicke Schneeschicht von der Katzentreppe entferne.

»So, damit du nicht ausrutschst!«, erkläre ich der Katze und klopfe den Besen am Geländer aus. Doch Elvis macht keine Anstalten sich zu bewegen. Er blickt äußerst kritisch auf den weißen Teppich, der sich lückenlos über den gesamten Garten erstreckt.

»Mau?«, fragt er schließlich erneut.

»Das ist nur Schnee«, sage ich beruhigend und tanze auf dem kalten Boden hin und her. »Gefällt dir bestimmt!«

Der Kater beugt sich noch weiter über das Geländer und schnuppert an einem Schneeklümpchen auf der Katzentreppe. Angewidert zieht er den Kopf zurück und nimmt eine höchst angespannte Sitzposition auf der überdachten Seite des Geländers ein.

»Ach, stell dich doch nicht so an!«, winke ich ab. »So ein bisschen Schnee hat noch keinem geschadet.«

Bestenfalls bekommt man kalte Füße. Früher sind die Menschen an sowas gestorben. Aber was macht man nicht alles mit, wenn das eigene Ersatzkind Angst hat?

Der Kater verharrt regungslos.

»Hör mal, Elvis! Es gibt sogar einige höchst erfolgreiche

Songs zu Katzen im Schnee!«, bemerke ich und stimme dann an: »*A, B, C – die Katze lief im Schnee …*«

Dabei tänzle ich über den Boden, um zu verhindern, dass meine Zehen absterben. Elvis dreht sich mir fassungslos zu und lässt dann das Kinn im Hals verschwinden. Eine beliebte, wenn auch eigenwillige Geste des Katers, seiner Abneigung Ausdruck zu verleihen. Ich lasse mich nicht beirren: »*Und als sie wieder rauskam, da hat sie weiße Stiefel an …*«

Elvis schüttelt sich und macht dann einen beherzten Sprung auf die Katzentreppe.

»Siehst du!«, rufe ich ihm nach. »Wusste ich doch, dass dir das gefällt.«

Der Kater wirft mir einen abfälligen Blick über die Schulter zu und eilt die Treppe bis zum Ende herab. Auf der letzten Sprosse bleibt er stehen und betrachtet wieder hilflos die Schneedecke unter seinen Pfoten.

Um ihn zu motivieren, lege ich noch eine Oktave und ein paar Dezibel drauf und wiederhole die letzten zwei Zeilen: »*UND ALS SIE WIEDER RAUSKAM, DA HAT SIE WEISSE STIEFEL AN …*«

Vom Ende der Treppe ertönt ein verächtliches »Meck« und dann wagt der Kater den Sprung ins unbekannte Weiß. Nach seiner Auffassung ist es weniger schlimm, weiße Stiefel zu tragen, als meinem Gesang lauschen zu müssen. Aber offenbar besteht eine mysteriöse Verbindung von Schnee, Katzenpfoten und musikalischer Begleitung: Ein leidendes »Mauuuuuu« entfährt dem Kater, als der weiße Boden unter seiner Pfote nachgibt und er fast bis zum Bauch einsinkt. Auch der nächste Schritt wird von einem wehleidigen Aufschrei der Katze begleitet. Langsam nimmt

Elvis Fahrt auf und er eilt in Richtung Rosenbeet. Mit den schnelleren Schritten nimmt auch die Abfolge der »Mau«s zu: »Maumaumaumau …«

Das katzenmusikalische Crescendo erstirbt unmittelbar zwischen den kahlen Rosensträuchern. Verunsichert schnüffelt der Kater an der weißen Schicht, die den Zugang zu seiner Toilette blockiert. Dann schießt die Vorderpfote in das Weiß und versucht sich einen Weg durch die kalte Masse zu bahnen. Nach drei oder vier eher fruchtlosen Abgrabungsversuchen beginnt Elvis damit, sich auf der Stelle zu drehen und hockt sich schließlich in eindeutiger Pose über das halbherzig gegrabene Loch. Doch dabei berührt sein Hinterteil den Schnee und es dauert nicht lange, bis die nasse Kälte seinen Allerwertesten erreicht. Fauchend springt Elvis in die Luft und wirbelt dabei noch mehr Schnee auf. Beim Abfedern der Landung sinkt auch noch sein Bauch tiefer in die weiße Schicht ein. Der Kater gerät vollends in Panik und schießt mit gekringeltem Schwanz zurück zum Balkon. Miauend und schreiend jagt er die Katzentreppe hinauf, stürzt an mir vorbei und verschwindet durch die Balkontür.

Lachend folge ich ihm in die Wohnung: »Elvis, das ist doch alles gar nicht so schlimm! Das ist doch nur Sch…«

Mein Lachen erstirbt jäh, als ich die Katze wiederentdecke.

»…eiße«, beende ich meinen Satz.

Der Kater hockt mit äußerst entspanntem Gesichtsausdruck in einem verstaubten Möbelstück aus Plastik, dessen unheilige Existenz ich im letzten halben Jahr erfolgreich verdrängen konnte. Fast glaube ich, dass Elvis mich zufrieden anlächelt, während er seinen höchstpersönlichen Zen-

Garten um zwei schwarze Duftkerzen bereichert. Für einen Sekundenbruchteil starre ich ungläubig auf den Super-GAU im Katzenklo. Jetzt heißt es besonnen handeln: Bei einem Warpkernbruch haben *Scotty* und die übrigen Crewmen der *Enterprise* etwa dreißig Sekunden, bevor lebensgefährliche Warpstrahlung den gesamten Maschinenraum kontaminiert. Der Geruch von Katzenkacke lässt einem nur etwa halb so viel Zeit. Geistesgegenwärtig greife ich zu meinem Wintermantel und stürze zurück zur Balkontür. Hinter mir schließe ich die Schotten und blicke erleichtert durch die verschlossene Glastür. Elvis hockt noch immer in seinem Sandkasten und starrt mich verwundert an. Ich wende mich ab und inhaliere die frische Winterluft. Jetzt muss ich hier nur noch ein wenig ausharren, bis Laura nach Hause kommt und das kleine schneechaosbedingte Malheur beseitigt. Dann noch zehn Minuten lüften und das Drama ist schnell vergessen. Nur: Wann kommt Laura nach Hause? Hämisch weisen mich die Zeiger meiner Armbanduhr darauf hin, dass es erst kurz vor fünf ist. Aber vor sechs, halb sieben brauche ich wohl kaum mit ihr zu rechnen. Ich streife den Mantel über und presse meine Nase wehmütig gegen die Küchenfensterscheibe. Auf der anderen Seite des Glases liegt eine auf einmal sehr behaglich wirkende, warme, aber doch unbewohnbare Wohnung. Tschernobyl-Romantik. Elvis ist mittlerweile fertig und folgt mir neugierig, indem er sich Richtung Küche bewegt.

»Ich hoffe, du hast dir die Pfoten gewaschen!«, verklingt mein schlechter Scherz unverstanden. Und zwar akustisch wie inhaltlich. Das geht nämlich, wie mir soeben bewusst wird. Völlig zu Unrecht wird der Spruch »Das habe ich akustisch nicht verstanden« als sprachlicher Nonsens abgetan. Doch von dieser Erkenntnis kann ich mir auch nichts kaufen und es noch nicht mal irgendjemandem mitteilen. Unterdessen macht es sich der Stinkbombenwerfer auf der anderen Seite der Scheibe auf der Fensterbank direkt über der Heizung bequem und guckt mich treudoof an.

»Das machst du doch jetzt mit Absicht!«, schimpfe ich und fast sieht es so aus, als würde Elvis mit den Achseln zucken. Dann rollt er sich zwischen zwei Blumentöpfen zusammen. Ich kann förmlich sehen, wie die Wärme aus der Heizung direkt unter seinem Hintern nach oben steigt.

»Unfassbar«, sage ich und werfe einen erneuten Blick auf die Uhr. Die Zeiger sind kaum vorangekrochen. Bis Laura nach Hause kommt, bin ich längst erfroren.

»Scheiße!«, rufe ich. »Katzenscheiße!«

Früher hätte jeder laute Ausruf auf unserem Balkon ein krächziges »Hidla« am anderen Ende des Gartens provoziert und ich hätte etwas antworten können wie »vergleichbar«. Doch jetzt bleibt es ungewohnt still. Nur eine plötzlich sehr einladend wirkende rote Wärmelampe mahnt noch ob des schrecklichen Schicksals, das dem Nachbarsvogel widerfahren ist. Ein Schicksal, das ich teilen werde, wenn ich nicht bald was an die Füße bekomme. Und eine Mütze habe ich auch nicht. Soll ich nochmal reinhüpfen und mir etwas Wärmeres zum Anziehen zusammensuchen? Ich überschlage meine Chancen: Meine Kondition lässt zu wünschen übrig – das hat das Eishockeyauftaktspiel sehr deutlich gemacht. Vielleicht kann ich etwa eine Minute die Luft anhalten. Probeweise atme ich tief ein und halte mit geschwollenem Brustkorb inne. Mit aufgerissenen Augen starre ich wieder auf das Ziffernblatt. Was ist denn nur los mit dieser Uhr? Der Sekundenzeiger kriecht mit unendlicher Langsamkeit vor sich hin. Kurz bevor ich ersticke, schnappe ich prustend nach Luft und stelle hechelnd fest: »Max, dir bleiben circa dreißig Sekunden für die ganze Strecke.« Wenn ich schnell bin, schaffe ich pro Sekunde drei Schritte. Von der Balkontür zum Bett im Schlafzimmer sind es exakt neunundzwanzig Schritte (eine Zahl, die ich sehr genau kenne, seit Elvis mich an meinen ehemals entspannten Sonntagen aus dem Bett jammert, weil er mal wieder auf der falschen Seite der Balkontür sitzt). Bis zum Kleiderschrank dürften es dann noch mal drei Meter sein, also in etwa zweiunddreißig Schritte. Machen wir dreiunddreißig draus, das lässt sich sauber durch drei teilen. Also elf Sekunden zum Schrank und auch nochmal elf Sekunden zurück. Und das ist schon optimistisch geschätzt. Denn auf gerader Strecke wäre das zwar machbar, aber zum Schlafzimmer muss ich zweimal um die Ecke rennen, und das bedeutet: abstoppen, Schwung holen, wieder abstoppen und nochmal Schwung holen. Dann vorm Schrank wieder langsamer werden. Und selbst wenn ich das schaffe, bleiben mir – bei einer Puste von dreißig Sekunden – gerade mal acht Sekunden, um eine Mütze und passende Winterschuhe herauszusuchen. Die Wintersachen sind bestimmt noch irgendwo ganz hinten oben auf einer Höhe von über zwei Metern versteckt. Im Zweifelsfall muss ich auch noch klettern oder mir unterwegs was zum Draufstellen besorgen. Und das alles ohne jeden Sicherheitspuffer. Was ist, wenn ich unterwegs stolpere, was, wenn eine Tür klemmt? Meine professionelle versicherungsmathematische Gefahren-Kosten-Nutzen-Analyse kommt zu einem eindeutigen Ergebnis: Das Ganze ist Wahnsinn!

Ich brauche einen Plan B. Im Geiste von *Apollo 11* und

Mark Watney schaue ich mich auf dem Balkon um und überlege, welche Ausrüstungsgegenstände mir hier in dieser menschenfeindlichen Umgebung verblieben sind und wie sich damit das Überleben sichern lässt. Zwischen ein paar zugeschneiten Blumenkübeln mit abgestorbenen Stiefmütterchen steht meine Eishockeytasche mit dem Auftrag, samt Inhalt zu lüften. Laut Laura, weil ansonsten die ganze Wohnung – O-Ton – »unverzüglich« nach »Altherrenumkleide« stinken würde. Lächerlich! Erstens sagt kein normaler Mensch »unverzüglich« – das ist mal wieder so ein Jura-Schaden! Zweitens ist bestenfalls der Schweiß alt, aber ein alter Herr bin ich noch lange nicht. Und drittens ist *Eau d'Alt'errenumkleide* immer noch vornehmer als *Parfum de chat pissoir*! Egal, gerade kommt mir die Tasche mehr als gelegen: Vielleicht sind da noch eine alte Mütze und zumindest ein paar Ersatzsocken drin? Der Kater hebt kurz interessiert den Kopf von der Fensterbank, als ich lärmend meinen Helm, den Brustpanzer und schließlich eine Tüte mit Pucks über den Balkon verteile. Bei dem Chaos in der Tasche soll mal einer den Überblick behalten. Ach, hier sind meine *Star-Wars*-Aufkleber! Und stimmt, die *Conan*-Actionfigur habe ich hier auch mal vor Laura versteckt. Vermisst habe ich sie nicht, vielleicht doch mal was für eBay? Nach und nach kommen immer mehr kleine Schätze zum Vorschein: ein Fünf-Mark-Stück, drei Büroklammern, Tape, meine zu Unrecht abgelehnten Entwürfe für ein alternatives Mannschaftslogo mit einem eishockeyspielenden Tauntaun, ein lächerliches Jugendfoto von Schulz mit komischer End-90er-Gelfrisur (Was zur …? Warum?!?), das verschollen geglaubte Skript zu meinem Fortbildungslehrgang »Betrug und Schadensüberprüfung im Versicherungswesen – eine Einführung« und außerdem zwei kaputte Kulis. Damit kann ich nichts anfangen.

Was ist sonst noch auf dem Balkon? Auf dem Gartentisch liegt noch meine Pfeife. Meinte Herr Poßler nicht mal, damit könnte man hervorragend den Geruch aus dem Katzenklo bekämpfen? Kurz entspinnt sich in meinem Gehirn ein Plan C. Aber nein, rauchen in der eigenen Wohnung ist absolut nicht mehr zeitgemäß. Also zurück zu Plan B! Doch als sich kurz darauf der gesamte Inhalt der Eishockeytasche über den Balkon verteilt und selbst Elvis sich wieder gelangweilt zusammengerollt hat, macht sich bei mir Ernüchterung breit. Was hätten die Jungs im All jetzt gemacht? Die hätten doch niemals aufgegeben …

Zehn Minuten später blase ich Tabakrauch in die klare Winterluft und klopfe mir selbstzufrieden mit dem Pfeifenkopf gegen den Eishockeyhelm. Meine Zehen räkeln sich genüsslich in den warm gefütterten Schlittschuhen, während ich durch »Betrug und Schadensüberprüfung im Versicherungswesen« blättere. Besonders das Kapitel »Investigatives Nachforschen – Überprüfung von Zeugenaussagen« hat es mir aufgrund des aktuellen Mordfalles angetan:

> Achten Sie darauf, wie der Zeuge/die Zeugin den Sachverhalt beschreibt! Wird der Sachverhalt detailliert beschrieben? Vermag sich der Zeuge/die Zeugin an besonders markante Eindrücke zu erinnern, zum Beispiel Geräusche oder Gerüche?

Ja. Kann ich. Es roch nicht sehr schön.

> Unterbrechen Sie den Zeugen/die Zeugin mit Zwischenfragen! Springen Sie mit Ihren Fragen in der chronologischen Abfolge vor und zurück! Ist der Zeuge/die Zeugin in der Lage, die Geschichte rückwärts oder in wechselnder Reihenfolge zu erzählen? Wenn ja, ist dies ein Indiz dafür, dass er/sie die Wahrheit sagt.

Elvis kam in mein Leben. Laura gab es da schon. Goethe kam danach. Herr Hiller noch dazwischen. Das erste Mal Katzenkacke war noch im Sandkasten. Das letzte Mal vor einer halben Stunde. Wie oder wann ein Fünf-Mark-Stück und das komische Schulz-Foto in meine Eishockeytasche geraten sind, weiß ich einfach nicht. Ah, Gott sei Dank:

> Seien Sie nicht voreingenommen! Erinnerungslücken des Zeugen/der Zeugin deuten nicht zwingend darauf hin, dass er/sie die Wahrheit verbergen will. Oder können Sie mit Sicherheit sagen, was Sie vor exakt einem Jahr um exakt diese Uhrzeit gemacht haben?

Zumindest weiß ich, was ich exakt *nicht* gemacht habe: Ich habe mich nicht auf meinem eigenen Balkon ausgesperrt und neidische Blicke auf das wärmende Grablicht auf dem Nachbarbalkon geworfen …

Als Laura endlich nach Hause kommt, ist es schon dunkel. Ich schrecke hoch, als ein Lichtschein vom Hausflur durch die Küchenfenster bis auf den Balkon fällt. Erleichtert richte ich mich auf und stakse zur Balkontür. Ich sehe, wie Elvis von der Fensterbank springt und der Gestalt im Türrahmen freudig entgegenläuft. Lauras Umriss verrät, dass sie mal wieder einen ganzen Berg Arbeit mit nach

Hause gebracht hat. Oh, und sie war einkaufen. Sehr gut! Sie betritt die Wohnung und lässt die Einkaufstüten und einen riesigen Stoß Akten auf den Boden fallen. Elvis hüpft sofort wie ein kleiner Pascha auf den Pseudo-Felsen und lässt sich von der überarbeiteten Aktensklavin das Kinn kraulen. Doch das Vergnügen des Katers währt nur kurz, da selbst Lauras abgehärteter Nase der geruchsintensive Unfall in Wurstform nicht entgehen kann. Auch ohne etwas zu hören, sehe ich an ihrem Gesichtsausdruck, dass sie ein paar Verwünschungen ausspricht. Dann wendet sie sich aber wieder mit liebevollem Gesicht dem Kater zu und ich glaube an ihren Lippen ablesen zu können, wie sie fragt: »Musstest du ganz dringend, kleiner Putzelmann?« Und: »Wo ist denn Max?«. Ich winke und gestikuliere heftig, doch ich werde nicht gesehen. Vermutlich reflektiert die Scheibe von innen zu stark. Vielleicht ist das aber auch gar nicht so schlimm. Die fünf Minuten, die es braucht, bis Laura richtig zu Hause angekommen ist, kann ich hier jetzt auch noch ausharren, wobei eine gewisse Schnittmenge von »richtig zu Hause ankommen« und »das Katzenklo saubermachen« nicht von der Hand zu weisen ist. Angewidert beobachte ich das schmutzige Geschäft und ekele mich noch, als Laura schon im Begriff ist, die Balkontür zu öffnen, um die Wohnung zu lüften. Irritiert blickt sie auf den quergestellten Türgriff. Als ich einen Schritt auf die Tür zu mache, fährt Laura kreischend zurück. Der schrille Schrei ist noch durch das Fensterglas deutlich zu hören. Sofort stürzt Elvis panisch vom Aktenberg und verschwindet unter der Flurkommode. Die Mülltüte mit dem toxischen Inhalt wirbelt bedrohlich durch die Luft. Erst als meine Freundin den Giftmüll wieder unter Kontrolle hat, öffne ich die Balkontür und rufe fröhlich: »Hallo, Schatz! Alles klar bei dir?«

»Max? Du hast mich zu Tode erschreckt!«, stottert Laura. »Was machst du überhaupt da draußen? Und was hast du da an? Warum trägst du deinen Eishockeyhelm?« Sie mustert mich kritisch von oben bis unten. »Und sind das da deine Schlittschuhe?«

»Äh ja, Training«, sage ich schnell, »morgen das erste Spiel gegen die *Hawks* diese Wintersaison. Müssen endlich mal gewinnen. Und da wollte ich überprüfen, ob alles da ist und ich mich noch erfolgreich in meine Schuhe reingequetscht kriege ...«

»Ganz zufällig wurde auch was ins Katzenklo reingequetscht«, gibt Laura mir zu verstehen, dass sie meine Ausrede durchschaut hat. Sie tippt auf meine Krawatte. Dass ich immer noch meinen Anzug anhabe, macht die Sache nicht unbedingt glaubwürdiger.

»Wirklich?«, tue ich trotzdem überrascht. »Das muss dann aber passiert sein, während ich hier draußen war.«

Letzteres ist nicht einmal ganz gelogen. Spätestens als das zweite Häufchen auf den Sand traf, war ich schon mit einem Bein im Freien.

»Wie auch immer«, seufzt Laura. Ihr kriminalistisches Feuer scheint für den heutigen Tag abgebrannt. Müde wendet sie sich ab: »Hier draußen ist es mir auch zu kalt. Hatte schon genug Eis und Schnee auf der Strecke. Dazu diese verdammten Obduktionsberichte heute ... Oh, apropos Eis, ich muss die Sachen in die Tiefkühltruhe packen. Nicht, dass die antauen.«

Tiefkühltruhe?!? Kacke, da lagert doch immer noch mein Beweismittel.

»Lass mich das doch machen!«, ich tackle Laura zur Seite und stürze in die Wohnung.

»Aua, spinnst du?«

»Ich mache das schon mit den Einkäufen«, rufe ich entschuldigend. »Du hattest bestimmt einen super anstrengenden Tag und hast dir alle Erholung der Welt verdient ...«

In der Wohnung hängt noch immer ein fieser Geruch, aber jetzt wo die Quelle beseitigt worden ist, dürfte es schnell erträglicher werden. Ich stolpere zu den Einkäufen. Als die Kufen durch den Flur kratzen, flieht Elvis, der sich nach Lauras Aufschrei gerade wieder unterm Schrank hervorgetraut hat, panisch zurück in sein Versteck. Auch Laura scheint wenig begeistert: »Du machst da überall Katschen rein.«

»Keine Sorge«, sage ich, »das sind T-Blades, die müssen sowieso jede Saison ausgetauscht werden. Der ein oder andere Kratzer ist also nicht so schlimm.«

Ich überhöre jeden weiteren Widerspruch und sichte die Lage im Eisfach. Obere Schublade: eine Box Tiefkühlbrokkoli, zwei Fertigpizzen, eine Gemüselasagne; mittlere Schublade: Kühlpacks und eine Packung Fürst-Pückler-Eis; untere Schublade: Leichenschauhaus für diverses Geflügel. Hoffentlich passen die Neuzugänge noch in die beiden oberen Fächer.

»Oh cool, du hast Kuchen gekauft!«, stelle ich begeistert fest und versuche, eine riesige Box »Großmutters Käsekuchen« noch irgendwie neben das Eis zu packen.

»Ja, die Poßlers wollen doch am Samstag ihr ›Enkelkindchen‹ besuchen«, vernehme ich Lauras Stimme aus dem Arbeitszimmer. Die soll sich doch entspannen und nicht meinen Hobbyraum okkupieren. Und die Poßlers? Was sind das denn für Hiobsbotschaften? Ich muss schnellstens den toten Goethe loswerden. Die bringen garantiert noch zwei Puten mit und dann fliegt die ganze Sache auf. Ha, »auf*fliegen*« und das, obwohl aus Fach drei garantiert niemand mehr fliegen geht. Da ich diesen tollen Witz leider nicht mit Laura teilen kann, sage ich einfach nur wenig euphorisch: »Ah cool, die Poßlers.«

»Du klingst so überrascht. Das hatte ich dir aber schon mal gesagt. Vielleicht brauchen wir doch wieder einen Kalender, nachdem der letzte auf mysteriöse Weise irreparabel beschädigt wurde.«

»Katzen können ganz schön brutal sein …«, sage ich und drücke weiter auf dem Kuchenkarton herum.

»Wie auch immer. Ich habe auch nicht so Lust drauf«, deutet Laura meine Tonlage richtig. »Diese Woche war schon jetzt einfach zum Kotzen. Wirklich, der Obduktionsbericht in einer Sache hat mich wirklich fertiggemacht. Dagegen ist das Reinigen des Katzenklos gerade eben fast ein Genuss gewesen.«

»Umso besser, dass ich das nicht gemacht habe«, entgegne ich halblaut, während ich überlege, ob ich Goethe doch besser woanders verstecken soll. »Was immer gegen fiese ärztliche Untersuchungen von Toten hilft …«

Moment, warum bin ich da nicht früher drauf gekommen? Und warum hat die hauptberufliche Staatsanwältin das nicht gleich vorgeschlagen? Ich bringe den toten Vogel einfach schnellstmöglich zu unserem Tierarzt Dr. Unger und lasse den mal drüberschauen. Dann macht sich Goethe doch noch ein bisschen nützlich. Denn solange Schnee liegt, kann ich den eh nicht wieder unter die Erde bringen, ohne dass sofort auffällt, dass sich jemand am Grab zu schaffen gemacht hat. In Gedanken gehe ich die nächsten Tage durch: Morgen habe ich wieder lange Fortbildung, da schaffe ich es auf keinen Fall zwischendurch zum Unger. Und abends ist das Spiel. Donnerstag das Gleiche: Fortbildung und Eishockey. Ach, und hat Unger nicht ohnehin nur montags bis mittwochs Sprechstunde? Das heißt, mir bleibt nur der Mittwoch, um einen unangekündigten Arztbesuch zu machen. Da habe ich zwar Außendienst, aber vielleicht schaffe ich das zwischen zwei Kunden. Wenn es so kalt bleibt, kann ich den Vogel sogar einfach im Kofferraum lassen, während ich arbeite. Und in den nächsten zwei Tagen wird hoffentlich auch niemand in das unterste Eisfach schauen. Bleibt also nur noch ein winziges Problem: »Kann jetzt bitte mal der Fürst ein bisschen Platz machen, damit die Omma noch dazu kann?!«

Kapitel 6

Muskel(kater)spielchen

»Nein, Schulz, wir werden dir Elvis nicht *ausleihen*«, erkläre ich kopfschüttelnd, während ich von einer Salzstreu-Insel zur nächsten stapfe. Der Hausmeister hat eher so nach rheinländischer Manier gestreut (»Mach et jood, ävver nit zo off«). Im matten Licht der Straßenlaternen ist gar nicht so leicht zu erkennen, wohin man treten kann, um trockene Füße zu behalten.

»Aber warum denn nicht?«, quengelt es hinter mir. »Du hast mir noch kein einziges stichhaltiges Argument genannt!«

»Hast du die Sache mit … mit …« – Wie hieß sie noch? Lilly? Lolita?! – »… mit Lolita schon wieder vergessen?«

»Das ist doch was völlig anderes!«, beharrt Schulz, während er das Gewicht seiner Eishockeytasche auf die andere Schulter verlagert. »Ich will ja keine Ische für Elvis, sondern ich brauche ihn in der Vor- und in der Nachbereitung … Nochmal der Plan: Am Samstagmittag wird eine nette junge Dame in meinem Bett liegen, mit der ich einen wunderbaren Freitagabend verbracht habe, ne? Das ist ja auch schön und gut. Leider erwarte ich im Laufe des Samstags eine weitere nette junge Dame, mit der ich einen ebenso wunderbaren Abend verbringen möchte, klar?«

Ich sage nichts.

»Mit ›nett‹ ist es aber ganz schnell vorbei, wenn die beiden aufeinandertreffen, klar? Ich muss da also ein bisschen dribbeln. Das Timing ist entscheidend! Und da kommt Elvis ins Spiel …«

»Nein, Schulz!«

Der Nachbar redet unbeirrt weiter: »Zufällig weiß ich, dass Miss Freitag eine Katzenhaarallergie hat, während ich Miss Samstag überhaupt erst über die Katzennummer angeln konnte. Elvis muss also nur mal für ein paar Stündchen sein niedliches Fell bei mir zeigen und …«

Ich halte inne und drücke ihm meinen Schläger gegen die Brust: »Schulz, du kannst es mir noch hundertmal erklären. Du bekommst Elvis garantiert nicht ausgeliehen!«

Der Nachbar springt hinter mir her und schimpft dabei: »Mann, Max. Da passiert doch nichts. Elvis wohnt einen halben Tag bei mir und dann – schwuppdiwupp – kann Elvis dir wieder in die Bude kacken. Alle sind glücklich!«

Ich schüttle den Kopf: »Ich wette, Laura macht das niemals mit …« Apropos: »Ich muss nochmal in die Garage, um den alten Wäscheständer zu holen. Laura will irgendwie nicht, dass ich die nassen Trikots und so nach'm Sport einfach in der Tasche lasse …«

»Okay, ich sehe schon, ich frage auch die falsche Respektsperson im Hause«, will Schulz mich aus der Reserve locken. »Du darfst das wahrscheinlich eh nicht entscheiden …«

»Nerv nicht!«

»Frag doch wenigstens mal Laura, ob ich die Katze haben darf …«

»Schulz …«

»Bitte, Max, fragen kostet doch nichts. Wenn ich nichts mehr von dir höre, gehe ich davon aus, dass das klargeht!«

»Ja, ja. Ist ja gut«, erwidere ich und höre schon gar nicht mehr richtig zu. Genervt bleibe ich stehen und blicke mich um. Der Weg zum Hof ist überhaupt nicht gestreut (»Et es wie et es«). Nur entlang des Windschattens unserer Hauswand zieht sich eine schmale schneefreie Spur. Hinterm Haus müsste ich dann nur einmal kurz querfeldein über die Wiese, an den Mülltonnen vorbei und zu den Garagen. Kurzentschlossen quetsche ich mich an der Hauswand entlang und der raue Stoff meiner Sporttasche erzeugt ein fieses Schleifgeräusch an der Fassade. Ebenso kratzt Schulz wieder an meinen Nerven.

»Und sag ihr, dass da überhaupt nichts Schlimmes passiert, ich kann den ja auch füttern und …«

Weitere tierhalterische Expertise von Schulz bleibt mir erspart, denn auf der Höhe unseres Balkons entdecke ich den Umriss von Batman, dessen Ohren gespannt auf die beiden nächtlichen Eindringlinge mit dem schweren Gerät gerichtet sind.

»Hallo, Elvis!«, rufe ich freudig. »Traust du dich immer noch nicht in den Schnee?«

»Siehste«, erklärt Schulz sofort, »wenn der bei dem Wetter sowieso nicht rausgeht, ist meine Wohnung doch eine super Abwechslung!«

»Komm, Elvis, kleiner Mann«, mache ich dem Vierbeiner Mut, »hier vorne ist gar kein Schnee.«

Doch der Kater rührt sich keinen Zentimeter.

»Weichei«, ätzt Schulz. »Ganz der Papa.«

»Elvis, was ist denn los?«, frage ich und mustere den Umriss genauer. Erst jetzt bemerke ich, dass der äußerst markante und eigentlich unzähmbare Haarwirbel zwischen den Ohren der tierischen Presley-Imitation gar nicht zu sehen ist. Dafür glaube ich, einige merkwürdige Hautwülste auf der Stirn erkennen zu können, die so gar nicht nach amerikanischem »King of Rock'n'Roll« aussehen, sondern eher so nach klingonischem Krieger.

»Moment mal«, entfährt es mir, »das ist gar nicht Elvis! Das ist schon wieder der verdammte Kevin.«

»Die Katze vom Hausmeister, ne?«, Schulz blickt skeptisch auf den Eindringling. »Ist der fetter geworden?«

»Nein, höchstens dreister. Das ist nur das Winterfell«, erkläre ich beiläufig, während in mir ein Gedanke heranreift.

The Face war entweder unfassbar mutig oder unfassbar dumm. Was zur Hölle dachte der Kerl sich, genau jetzt, kaum achtundvierzig Stunden nach der Ermordung von *Big Jaw*, einen Bruch zu riskieren? Nach so einer Sache hielt man verdammt nochmal die Füße still. Egal, ob man mit drin hing oder nicht.

War Kevin vielleicht auch bei den Hillers eingestiegen und hatte Goethe abgemurkst? Das hier ist die beste Gelegenheit, einen ganz entscheidenden Beweis dafür zu finden. Sofort wittere ich meine Chance: Ich muss nur schnell genug an die Aufhängung kommen. Denn wenn ich jetzt die Katzentreppe wegnehme, kann ich ganz gemütlich in die Wohnung spazieren, auf den Balkon treten und mir Kevins Pfoten genauer ansehen. Wer so eine hässlich verdrehte Stirn hat, besitzt vielleicht auch komische dreiklauige Pfoten. Ein kurzer Blick dürfte schon reichen. Und wenn sich der blöde Kater den Schock seines Lebens holt und von da an einen großen Bogen um unseren Balkon macht, soll es mir nur recht sein.

»Das ist also der Dank dafür, dass ich dir deine eigene Katzentreppe gebaut habe. Aber keine Sorge, dieses Mal bist du fällig, Kevin!«, stehen meine Worte in krassem Kontrast zum beruhigenden Tonfall meiner Stimme. »Jetzt sei ein braver Kater und beweg dich nicht!«

Und sollte es nötig werden, würden sie den fiesen Fettsack ohne zu zögern kaltmachen. Bedauerlich, aber so lief das Spiel nun einmal. Sie hatten die Regeln nicht gemacht, sie spielten nur danach.

»Max, du machst mir ein bisschen Angst.«

»Still, Schulz, vielleicht reicht schon ein kurzer Blick auf die Pfote! – Alles fein, Kevin. – Du nimmst das untere Ende von der Leiter! – Bleib schön, wo du bist, Kevin, du hässliches Monstrum …«

Doch noch ehe der Inspektor auch nur einen Schritt auf die Leiter zu machen konnte, blitzte es über seinem Kopf auf. Das plötzliche Licht kitzelte jede kleine Narbe auf der Stirn von *The Face* heraus und verzerrte das ohnehin schon entstellte Gesicht ins Diabolische.

Schulz und ich blicken uns irritiert um. Vom Ende des Gartens wandert ein Lichtkegel die Häuserfassaden entlang.

»Was zur Hölle …«, entfährt es Schulz. Unterdessen lässt Kevin sich nicht zweimal bitten. Mehr fallend als laufend stürzt er die Katzentreppe hinab. Schnee wird aufgewirbelt, als er quer durch den Garten davonsprintet. Wieder erfasst ihn das Taschenlampenlicht.

»Ferdinand, da! Ferdinand, da!«, vernehme ich eine aufgeregte Frauenstimme aus derselben Richtung. Der Strahler verfolgt die panisch davonsprintende Katze wie der Suchscheinwerfer eines Gefängniswachturms.

»Ich sehe es, Liebelein. Ich sehe es!«, quäkt das schmale Ende des Lichtkegels. Gefolgt von einem erbosten »Rakasch! Rakasch!« verschwindet des Hausmeisters Kater im nächsten Dickicht. Der kreisrunde Lichtstrahl wandert noch einige Augenblicke das Geäst ab. Dann richtet Herr Hiller die Taschenlampe direkt auf den Mops. Sie trägt einen viel zu großen Anorak und eine dämliche Wollmütze mit zahllosen Bommeln, die senkrecht zum Himmel zeigen. In ihren Händen hält sie einen aufgeschlagenen Aktenordner, den sie hochreißt, um sich vor dem blendenden Strahl zu schützen. Offensichtlich haben die beiden uns noch nicht bemerkt, denn Hiller erklärt zufrieden: »Zu diesem Zwecke sind wir zwar gar nicht hier, dennoch hat sich die Gartenbegehung schon rentiert: Wir konnten einem Mörder das Handwerk legen.«

Genau, denn wenn man eine Katze aus seinem Blickfeld verjagt, hört die sofort auf zu jagen. Oder gar zu existieren. Der Mops sieht das offenbar genauso und nickt eifrig. Ob Herr Hiller ihr gleich ein Leckerli zur Belohnung gibt? So ähnlich, denn er beglückt sie mit einem Bonmot aus seinem umfassenden Wissen über die gemeinen Hauskatzen der Nachbarschaft. Wobei er vermutlich »gemein« so versteht wie ein Sechsjähriger (»Die Katze war voll gemein zu mir«). Natürlich schafft Hiller es, bei seinen Anschuldigungen nicht nur falschzuliegen, sondern auch noch eine Beleidigung einzubauen: »Ich bin der festen Überzeugung, das war die Katze von der neunmalklugen Rechtsanwältin und ihrem hysterischen Freund, diesem Pinsel, der jetzt auch noch Detektiv spielen wollte …«

»Hehehe«, gluckst Schulz hinter mir, »hysterischer Pinsel …«

»Sei bloß still!«, zische ich zurück und meine das einmal mehr inhaltlich und akustisch gleichermaßen.

»Doch statt ernsthaft zu recherchieren, hat der werte Herr Nachbar die ihm eingeräumte Frist einfach verstreichen lassen. Stattdessen hockt er doch tatsächlich in seltsamster Kostümierung auf seinem Balkon herum und tut *nichts*. Dabei schleicht seine Mörderkatze hier durch den Garten. Aber das bekommt er dann natürlich nicht mit …«

»Nein, Ferdinand. Da hättest du dir das Gesicht der Katze mal genau anschauen sollen«, wagt der Mops jetzt auch mal einen Schuss ins Blaue. »Das war, glaube ich, nicht deren Katze, sondern diese Klingel-Bohnen-Rasse von dem Hausmeister. So hatte der Herr Zadow die mal genannt.«

»Liebelein, keine Katzenrasse in der Welt heißt ›Klingel-Bohne‹. Ich bin mit der Lektüre zwar noch nicht so weit fortgeschritten, aber ich bin mir absolut sicher, dass der Nachbar damals ›Kling-Ohren‹ sagte. Bei allen Unzulänglichkeiten, die ihn so auszeichnen, scheint er zumindest auf diesem Felde eine gewisse Expertise zu besitzen. Auch wenn er diesen bereits benannten Umstand mit dem Fell übersehen hat. Ich bin mir jedenfalls sicher, es lautet ›Kling-Ohren‹. Das folgt doch auch einer ureigenen semantischen Logik. Diese komischen Höcker lassen jedes Geräusch noch lauter im *Ohr* der Katze *erklingen*. Das macht sie zu einem noch gefährlicheren Mörder.«

Der Aktenordner zuckt mit den Achseln.

»Oft reicht schon der Wortlaut, um die Wesenheit einer Sache zu erfassen«, bestätigt der Sprachwissenschaftler zufrieden seine eigene These, und der Mops fasst kaum minder fachmännisch zusammen: »Was immer es war, jetzt ist es weg.«

»Dann wollen wir mal wieder unserer eigentlichen Aufgabe nachgehen.«

Der Doktor wendet sich von seiner Frau ab und beginnt in großen, aber langsamen Schritten den Garten abzulaufen. Der Lichtkegel ist senkrecht nach unten gerichtet. Soweit ich es erkennen kann, hüpft der Mops hinter ihm her und stakst genau in seine Fußabdrücke.

»Ah, hier! Da haben wir es doch schon!«, Hiller hält abrupt inne und es kommt beinahe zu einem lebensgefährlichen Auffahrunfall. »Eine Feder, circa fünf bis sechs Zentimeter, ähm … nein, eher sieben bis acht. Grauer Grundton, leicht grünlich und violett schillernd. Aller Wahrscheinlichkeit nach aus der Familie der *Columbidae* …«

Frau Hiller hüpft herbei und greift eifrig nach sieben bis acht Zentimetern Flaum. Triumphierend summt sie: »Da haben wir es schon, da haben wir es schon …«

»Geisteskrank«, sagt Schulz leise.

»Nein«, korrigiere ich, »supergeisteskrank.«

»Was war das?«, quäkt es grell in meinen Ohren und Sekundenbruchteile später schießt ein ebenso unangenehm grelles Licht in meine Augen.

Instinktiv reiße ich die Arme vors Gesicht und schimpfe: »Nehmen Sie gefälligst die blöde Taschenlampe runter!«

»Ferdinand, Einbrecher!«

»Nein, Nachbarn!«, entgegnet Schulz. »Und jetzt nehmen

Sie bitte das Licht aus unseren Gesichtern. Es blendet ein bisschen, ne?«

Doch der lichtschwertführende Imperator denkt überhaupt nicht daran. Stattdessen kommt er jetzt mit großen Schritten auf uns zu.

»Das ist ungefähr das Gegenteil von Runternehmen!«, schimpft Schulz und wedelt mit seinem Eishockeyschläger umher, als könne er damit die Lichtstrahlen abwehren.

Mit einem lauten »Jetzt reicht's!« trete ich von der Wand weg und mache ein paar große Schritte diagonal in den Garten. Meine ausladenden Bewegungen werden von einem mir wohlbekannten Bewegungsmelder erfasst und das Terrassenlicht der Nachbarn flutet den gesamten Garten.

»Geil«, stellt Schulz fest, »woher wusstest du das so genau?«

»Nächtliches Sommertrainingscamp mit Elvis«, erkläre ich zufrieden und sage dann zum Doktor: »Sie können Ihre Funzel jetzt ausmachen!«

»Sparen Sie sich Ihren gönnerhaften Unterton, Herr Nachbar!«

»Meine Untertöne suche ich mir selber aus.«

»Was machen Sie überhaupt hier mitten in der Nacht mit Ihren, Ihren …«, er mustert uns abfällig, »… Ihren Stöcken?«

»Das Gleiche könnte ich Sie fragen!«, patze ich zurück und ziele dann auf einen wunden Punkt des Rentners: »Den Erdspechten gefällt das sicher nicht, wenn Sie hier die ganze Wiese kaputtmatschen …«

»Welche Erdspechte?!?«, giftet Hiller. »Hier gibt es keine Erdspechte!«

Bitte? Was? Das ist ja ein altbekannter Dialog – nur in getauschten Rollen. Wie *Im Körper des Feindes* mit John

Travolta und Nicolas Cage. Wer war da nochmal wer? War Cage der Gute und Travolta der Böse? Oder umgekehrt? Beziehungsweise, wenn die die Rollen tauschen, ist dann der eine Schauspieler trotzdem eigentlich noch der Gute? Doch bevor ich eine passable Antwort auf diese Frage finden kann, zerstört Hiller den Vergleich, indem er doch wieder seine altbekannte Leier spielt: »Schön wäre es, wenn wir hier noch Erdspechte hätten. Leider sind die alle von Ihren Mörderkatzen hingerichtet worden.«

»Bitte nicht schon wieder«, jammere ich, doch der Doktor nimmt erst Fahrt auf: »Aber eins will ich Ihnen gesagt haben, lieber Herr Nachbar! Wenn Sie meinen, Sie könnten uns damit einschüchtern, dass Sie die Zahl der Vögel hier im Garten dezimieren, dann haben Sie sich aber tief geschnitten. Für jeden toten Vogel werde ich für zwei neue Vögel sorgen.« Dr. Hiller hebt beschwörend den Zeigefinger in die Luft, der Wahnsinn ist ihm ins Gesicht geschrieben, als er fortfährt: »Und vielleicht beginne ich schon morgen mit dem Verlustausgleich auf unserem Balkon: Dann kaufe ich anstelle des uns geraubten Goethes gleich zwei Wellensittiche. Die finden auch als Paar ausreichend Platz in dem Papageienkäfig …«

»Zwei?«, schlucke ich.

»Ja, und sollte denen etwas zustoßen, werden es vier und dann acht und dann sechzehn und dann zweiunddreißig … Und immer so weiter und so fort!«, trägt Hiller die Megabyte-Entwicklung von Arbeitsspeichern seit der Erfindung des Computers vor. Schon beachtlich, wie immer mehr Daten auf immer kleinere Einheiten passen. Mit Vogelkäfigen ist das allerdings nicht so einfach, wie Schulz zu Recht bemerkt: »Mit immer kleineren Vögeln auch? Ich meine, die müssen ja auch alle in den Käfig passen.«

»Sie haben es erfasst, Herr Nachbar!«

»Und wenn Sie beim Kolibri angekommen sind? Dann wird es schwer, noch was Kleineres zu finden«, hake ich nach.

»Machen Sie sich nur lustig. Ihnen wird das Lachen schon noch vergehen.«

Das glaube ich sofort. Hundertachtundzwanzig Kolibris auf dem Nachbarbalkon. Vergeblich suche ich nach einem passenden »Das-ist-ja-wie-in«-Spruch. Doch der einzige Vergleich, der mir einfällt, sind die sich selbst vermehrenden *Tribbles* von *Star Trek*. Das hinkt irgendwie. Denn schnurrende *Tribbles* sind ungefähr so niedlich wie Katzenbabies. Zwei bis hundertachtundzwanzig kleinere Versionen von »Hidla«-schreienden Goethes sind es eher nicht. Während ich gedanklich noch hänge, nimmt mir der von sich berauschte Doktor auch diese Arbeit ab: »*Der Zauberlehrling* sozusagen. Goethes letzte Rache, wenn Sie so wollen.«

»Zauberlehrling?«, ruft Schulz ratlos dazwischen und nimmt dem Nachbarn damit ein wenig den Schwung aus der angriffslustigen Vorwärtsbewegung.

»Kennst du das etwa nicht, Schulz?«, frage ich verwundert und bin zugleich etwas überrascht, dass der werte Herr Doktor einen solchen Vergleich heranzieht. »Das ist dieser uralte Comicstreifen aus *Disneys Fantasia*! Mit Mickey Mouse, der da diesen blauen Zauberhut trägt …«

Doch Schulz schüttelt nur den Kopf.

»In Kurzform«, setze ich an, »um sich das Wasserschleppen einfacher zu machen, erweckt Mickey Mouse einen Besen zum Leben. Doch dann kann er den Besen nicht mehr stoppen. Und selbst als er ihn kurz und klein schlägt, arbeiten die zerschlagenen Stücke immer weiter und überfluten die ganze Zaubererstube. Und der Papagei ist jetzt sozusagen der zerschlagene Besen …«

»Mickey Mouse?«, Hiller schaut mich entgeistert an und presst dann hervor: »*Der Zauberlehrling* ist nach *Faust* das wohl bekannteste Werk von Goethe.«

»Der Musenalmanach, das Balladenjahr«, setzt der Mops nach, ohne dass mir dies in irgendeiner Weise helfen würde. Im Gegenteil. Und der Doktor ergänzt noch: »Weimar, 1797 und 1798.«

»Doch, ja! Jetzt erinnere ich mich. Das hatten wir irgendwann mal in der Schule. Ist ewig her«, ruft Schulz plötzlich und grinst zufrieden in die Runde. »Du bist aber auch ein Trottel, Max. Das Leben besteht nicht nur aus Comicfilmen …«

Auf wessen Seite ist Schulz hier eigentlich? Bestätigungsheischend lächelt er die Hillers an: »Der gute alte Johann *Amadeus*, unser größter Dichter und Denker …«

Okay, hoffentlich nicht auf meiner. In der peinlichen Pause, die entsteht, wird die Gewitterwolke über Hillers Kopf noch finsterer.

»Dass Sie allesamt überhaupt lebensfähig sind!«, entfährt es ihm schließlich. »Ungebildete Banausen und selbst bei den ureigenen Angelegenheiten meilenweit auf Abwegen …«

»Und was ist das jetzt wieder für eine Anspielung?«, frage ich und zaubere Mickey-Mouse-mäßig das nächste selbstgefällige Grinsen auf das Gesicht des Doktors.

»Sie können doch noch nicht einmal das Geschlecht Ihrer Katze richtig bestimmen!«, triumphiert er. »Und wenn Sie nicht einmal das können, dann liegen Sie auch mit einer Menge anderer Dinge falsch, die Sie über Katzen behauptet haben. Zu diesen Kling-Ohren-Katzen zum Beispiel – wir sprachen eben noch davon, nicht wahr, Liebelein? – habe ich noch nichts finden können. Und wenn Sie damit falschliegen, dann ist da bestimmt noch mehr im Argen. Deswegen ist davon auszugehen, dass Sie sich auch bei den Vogelmorden gewaltig geirrt haben! Die Beweise erheben wir schon noch.«

»Geschlecht der Katze? Und Kling-Ohren? Meinen Sie Klingonen-Katze? Das ist doch nur ein Spitzname, nur so dahergesagt. Und was für Beweise?« Ich versuche, irgendeine Sinnhaftigkeit in die Aussagen des Rentners zu bringen. Für den Fall, dass die zu vernehmende Person geistesgestört ist, hat das Handbuch zu »Betrug und Schadensüberprüfung im Versicherungswesen« natürlich keine passende Hilfestellung gegeben.

»Nur so dahergesagt. Das sieht Ihnen ähnlich, Herr Nachbar«, tritt Hiller nach. »Das mit Ihrem Katzenkater können Sie ja mal bei Ihrem klugen Wikingerpedia nachlesen – Sie sagen doch selbst immer, dass Sie dort alle Informationen abrufen.«

Wikipedia, du Blödmann.

»Das macht doch alles keinen Sinn, was Sie da reden.«

»Oh doch, und von primärer Relevanz ist Folgendes«, Hiller zieht seine Frau heran, die mir den Aktenordner einem heiligen Buch gleich entgegenstreckt. Es muss sie unfassbar viel Mühe kosten, gerade einmal nicht herumzuwibbeln. »Hier sammeln wir die Beweise für die Vogelmorde.«

Immer noch verständnislos starre ich auf einen Stoß von vielleicht hundert leeren Klarsichtfolien, die sich vor allem durch ihre Klarsichtigkeit auszeichnen.

»*Klarer* Fall«, sage ich trocken.

»Richtig«, freut sich der Doktor und tippt auf den unteren Rand der obersten Folie. Jetzt erst bemerke ich, dass da doch etwas eingetütet ist: eine Feder. Obwohl der Mops es jetzt vor Aufregung nicht mehr schafft, nicht zu wibbeln, kann ich sehr genau sagen, um was für eine Feder es sich handelt, die da vor mir auf und ab tanzt: circa fünf bis acht Zentimeter. Grauer Grundton, leicht grünlich und violett schillernd. Aller Wahrscheinlichkeit nach von einem Kolumbianer.

»Wir sammeln Beweise dafür, dass hier überproportional viele Vögel umgebracht werden, und dann werden wir beweisen, dass eine dieser Katzen, die hier im Garten ihr Unwesen treiben, für den Tod von Goethe verantwortlich ist.«

Ich beiße mir auf die Zunge. Zu gern würde ich jetzt schon die Beweise für Elvis' Unschuld preisgeben. Doch vermutlich wären die beiden Rentner alles andere als begeistert zu hören, dass ich dazu leider ihren armen Goethe ausbuddeln musste und er jetzt sein trauriges Dasein in meinem Gefrierfach zusammen mit anderem toten Federvieh aus Käfighaltung fristet. Ich muss das Wortgefecht also in eine andere Richtung lenken: »Wie stellen Sie sich das überhaupt vor? In welchem Zusammenhang steht ein Federfund mit der Tat des dreiklauigen Mörders? Und was soll das ansonsten beweisen? Ich meine, Sie haben jetzt eine Vogelfeder gefunden. In freier Natur ist das doch völlig normal, oder? Das heißt doch noch lange nicht, dass deswegen auch ein Vogel gestorben ist. Und was glauben Sie, wie viele Federn Sie bei dem Schnee noch finden werden? Ein, zwei, drei weitere?«

»Sehen Sie! Sie verkennen einmal mehr völlig die Zusammenhänge, Herr Nachbar«, erklärt Hiller. »Wir haben *trotz* des Schnees eine Feder gefunden. *Trotz*. Das bedeutet, dass diese Feder nach dem Schneefall gerupft worden sein muss. Das bedeutet wiederum, dass sie nach Goethes Tod – Gott hab ihn selig – einem anderen Vogelkadaver entrissen worden sein *muss*. Ipso facto müssen hier binnen vierundzwanzig Stunden mindestens zwei Vögel ihr Leben verloren haben: unser armer Goethe und der bemitleidenswerte Besitzer dieses schönen Exemplars von Feder hier, Herr Nachbar.«

Ich muss unbedingt »ipso facto« in meinen aktiven Wortschatz aufnehmen. Wie geil ist das denn bitte?

»Also diese Argumentationskette ist ja völliger Blödsinn«, entgegne ich. »Ipso facto haben Sie überhaupt nichts bewiesen.«

»Max, sag bitte nie wieder ›ipso facto‹! Wie kacke klingt das denn?«, raunt Schulz.

»Schulz, sag du bitte nie wieder Johann *Amadeus* Goethe!«, raune ich zurück.

»Womit wir beim nächsten Punkt wären«, lenkt Hiller die Aufmerksamkeit wieder auf sich. »Sie haben Ihre Katze nicht im Griff. Wie sollten Sie auch, wenn Sie schon daran scheitern, das Geschlecht Ihres vermeintlichen ›Katers‹ richtig zu identifizieren …«

»Sie gemeiner, alter Mann!«, schimpft Schulz plötzlich. »So billig darauf anzuspielen, dass der arme Elvis keine Eier mehr hat!« Schulz hat die Kastration von Elvis bis heute schlechter verwunden als ich.

»Lass gut sein, Schulz«, beruhige ich ihn, »ich glaube nicht, dass der werte Herr Doktor das meinte.«

»Da haben Sie zur Abwechslung einmal recht«, giftet Hiller, »Ihr ›Elvis‹ kann gar kein ›Elvis‹ sein, sondern bestenfalls eine ›Elvine‹. Ipso facto kann er auch niemals kastriert worden sein.«

»Was reden Sie da? Elvis wurde aber kastriert und ist damit ipso facto ein Mann.«

»... gewesen!«, wirft Schulz dazwischen.

»Unmöglich. Unmöglich«, jault der Mops, »Katzen mit einem Fell wir Ihre Elvine sind immer Weibchen.«

»Elvis«, sage ich entnervt, »der *Kater* heißt Elvis.«

»Aufgrund der Dreifarbigkeit Ihrer Katze – beige, schwarz, weiß – handelt es sich um eine sogenannte *Schildpatt*. Diese sind immer weiblich«, führt Hiller aus, als habe er seinen Doktor in Biologie gemacht, und nicht in Sprachwissenschaften. »Ipso facto ist Ihr ›Elvis‹ eine ›Elvine‹.«

»Blödsinn!«, erwidere ich unsicher und befrage sogleich mein Smartphone.

»Jaja, schauen Sie nur nach in Ihrem Wikingerpedia!«

Gesagt, getan. Selbstverständlich hat der Artikel über Katzen auch einen umfassenden Absatz über Katzenfell. Wikipedia ist einfach der Hammer! Bei nächster Gelegenheit werde ich wirklich mal auf den Spenden-Button drücken, der penetrant das halbe Display einnimmt. Aber jetzt muss ich erstmal diese Sache hier klären. Ich überfliege das einführende Blabla und springe gleich zu den Fellfarben. Ungläubig starre ich auf die Zeilen:

Eine dreifarbige Katze ist auf den ersten Blick als weibliche Katze zu erkennen, da sich das Gen für die Fellfarbe auf dem X-Chromosom befindet. Die Unterscheidung zwischen männlich und weiblich beruht wie bei allen Säugetieren auf dem

Karyotyp der Geschlechtschromosomen, nach dem XX weiblich und XY männlich ist.[6]

Zufrieden grinst der Doktor mich an: »Ihrem Gesichtsausdruck entnehme ich, dass Sie gerade eine Menge über Ihre Katze gelernt haben.«

»Das, äh, weiß ich noch nicht«, lüge ich schlecht. »Vielleicht verhält es sich bei Elvis' Karyotyp der Geschlechtschromosomen ja anders …«

Und wenn nicht, dann schuldet mir der Tierarzt eine Menge Kohle für eine nicht notwendige Kastration von nicht vorhandenen Hoden. Hoffentlich versteht er mehr von Vogel-Obduktionen.

»Ach, hören Sie doch auf, Herr Nachbar!«

»Das ist vielleicht gar keine dumme Idee«, sage ich zähneknirschend und wende mich ab. »Ich wollte ja eigentlich zur Garage. Komm, Schulz!«

»Grüßen Sie Ihre Elvine von mir!«

»Und Sie Ihren Goethe«, sage ich trocken und schiebe dann hinterher: »Ach doof, geht ja nicht mehr …«

»Was für ein böser Mensch das ist, Ferdinand!«

»Das kann man wohl sagen, Liebelein, das kann man wohl sagen. Aber davon lassen wir uns doch nicht beirren. Im Gegenteil: Wir haben eine Aufgabe zu erfüllen.«

Dann staksen die Hillers in die entgegengesetzte Richtung davon. Scheiße, jetzt gehen die hier echt als moralische Sieger vom Platz. Während ich den Wäscheständer aus der Garage hole, frage ich mich, ob vielleicht eine Entschuldigung angebracht wäre. Doch das seltsame Federsammler-

---

6 https://de.wikipedia.org/wiki/Hauskatze#Genetik_der_Fellfarben

Pärchen ist schon um die nächste Hausecke verschwunden. So trotten Schulz und ich schweigend zu unserem Hauseingang. Dort kommt mir eine vorwurfsvoll miauende Katze mit Schildpattmuster entgegen.

»Da sieh mal einer an«, grinst Schulz. »Die Elvine …«

»Fang du nicht auch noch an!«, warne ich Schulz und wende mich dann an den Kater, der mir um die Beine streicht. »Du bist ja doch draußen. Musstest du dich vor deinen ganzen Feinden verstecken? Und der Schnee liegt auch noch fast überall?«

»Mauhuhu«, bestätigt Elvis jammernd und schnüffelt dann neugierig an meiner Sporttasche.

»Elvine holt sich jedes bisschen Testosteron, das ihm in die Pfoten kommt. Das ist bestimmt so eine Schildpatt-Überkompensation«, interpretiert Schulz das Verhalten des Katers. »Schon traurig, dass deins das beste ist, was er kriegen kann. – Hier, Junge, probier doch mal diese Ladung! Das ist nicht so verweichlichter Bockmist wie von deinem Papa.«

»Ich bin eigentlich nicht der …«, setze ich an, verfolge dann aber interessiert, wie Elvis kurz an dem Schlittschuh, der ihm von Schulz unter die Nase gehalten wird, schnuppert. Deutlich angewidert wendet der Kater den Kopf ab. Die Katze mag meine Käsefüße lieber als die anderer Leute. Das muss Liebe sein.

»Weichei. Das ist wahrscheinlich zu hart für dich. Mit so einer gebündelten Packung Testosteron kommst du wohl nicht klar!« Beleidigt zieht Schulz seinen Schuh zurück. »Kein Wunder, dass du immer von anderen Katzen vermöbelt wirst. Aber am Wochenende kommst du einfach mal bei mir vorbei. Da kannste noch was lernen …«

»Komm, Elvis, lass dich nicht ärgern!«, rufe ich, während ich die Wohnungstür aufschließe. »Du kriegst jetzt erstmal Abendbrot.«

Zielstrebig drückt sich der Kater durch das erste Bisschen Türspalt und rennt dann sofort in die Küche, wo er Futter vermutet.

»Erholt euch mal gut von diesem schrecklichen Tag, ihr Mädels«, lacht Schulz, während er die Treppe nach oben steigt, »Macht euch doch einen gemütlichen Couchabend mit *Dirty Dancing* und ein, zwei Tafeln Schokola…«

Ich lasse die Haustür ins Schloss fallen. Heute ist nicht mein Tag der guten Konter. Seufzend schleudere ich meine Hockeyausrüstung und den Wäscheständer in die Ecke. Ich lasse mich daneben fallen und zücke mein Handy. Jetzt will ich das genau wissen mit diesem Schildpatt-Gen-Dingsbums. Elvis kommt aus der Küche zurückgeeilt und springt auf meinen Schoß. Aggressiv schnurrend drückt er sich gegen meinen Oberkörper. Dann versucht er, sich auf meinen Beinen möglichst breit zu machen. Wie ein zerfließendes Spiegelei füllt er meinen Schoß vollständig aus. Gleichzeitig krallen sich seine Pfoten mehr oder weniger sanft in meine Jeans. Ein klares Zeichen dafür, dass er eigentlich nicht kuscheln will, sondern nur alle Register zieht, um endlich ein paar Putenfleisch-Nuggets in Herzform zu bekommen. Ich kraule ihm beiläufig den Kopf, während meine Augen über das Handydisplay tanzen. Wo war denn jetzt der blöde Wikipedia-Artikel? Ich tippe »Katzenfell« in das Suchfeld und stoße tatsächlich auf einen gleichnamigen Beitrag, der wie folgt beginnt:

Der Artikel behandelt das Katzenfell, die behaarte Haut der Hauskatze, in seiner Eigenschaft als Handelsartikel.[7]

Unglaublich, was es alles gibt. Das ist aber nicht derselbe Text wie eben und nützt mir nur leider gerade überhaupt nicht. Ich klicke mich zurück zum allgemeinen Artikel von Hauskatzen und überfliege die Zeilen auf der Suche nach dem Chromosom-Gelaber. Aber auch vorher ist schon eine Menge irres Zeug dabei:

[…] kann die Hauskatze, so wie Geparden und Tiger, die Geschmacksrichtung süß nicht wahrnehmen […]
[…] wobei die bevorzugte Farbe von Katzen, für die ihre Augen auch am empfindlichsten sind, Blau ist […]
[…] die sogenannten Katerbacken, dort verteilte Fettpölsterchen, erscheint ihr Kopf größer und runder. Die Weibchen sind normalerweise schlanker und haben einen schmalen, dreieckigen Kopf […][8]

»Zeig mal deine Kopfform, Elvis!« Ich kraule den Kater unterm Kinn und taste seine Wangen entlang. Sind da Fettpölsterchen? Bei diesem chaotischen Haarwuchs kann man gar nichts richtig erkennen. Also weiter im Text:

[…] gähnt die Katze, steht auf, wechselt ihre Position und schläft wieder […]
[…] verbreitete sich die Hauskatze im Römischen Reich und erreichte Hildesheim-Bavenstedt nach Funden im

7 https://de.wikipedia.org/wiki/Katzenfell
8 https://de.wikipedia.org/wiki/Hauskatze

3–5. Jahrhundert n. Chr. und Wiesbaden-Biebrich im 6. Jahrhundert [...][9]

Herzlichen Glückwunsch an Hildesheim-Bavenstedt und Wiesbaden-Biebrich an dieser Stelle. Ah, hier, endlich: »Genetik der Fellfarben«. Aber da steht nur der Mist, den ich eben schon im Garten lesen durfte. Danach geht es unmittelbar mit »Ausstellungen« von Katzen weiter:

Im 18. Jahrhundert stieg die gesellschaftliche Anerkennung der Katze, so dass ...[10]

Ah nee, schau mal einer an – »dreifarbige Katze« ist verlinkt und dahinter verbirgt sich ein eigener Beitrag über Schildpatt-Katzen. Verflucht, Dr. Hiller hat sich noch nicht einmal das Wort ausgedacht. Ah, aber hier. Das klingt doch schon besser:

Das Schildpattmuster besteht aus roten und schwarzen Fellpartien und kommt fast ausschließlich bei weiblichen Katzen vor. Bei Katern ist es sehr selten und geht fast immer mit Unfruchtbarkeit einher. [...] Eine Katze mit diesem Muster heißt im Volksmund auch Glückskatze.[11]

Ich überfliege noch die genetische Erklärung, kann damit aber herzlich wenig anfangen:

---

9 Ebd.
10 Ebd.
11 https://de.wikipedia.org/wiki/Schildpatt_%28Katze%29

Als Ursache für eine Schildpattfärbung bei männlichen Katzen kommen ein Klinefelter-Syndrom (Karyotyp XXY), ein genetisches XX/XY-Mosaik, ein trotz XX-Karyotyp männlicher Phänotyp oder eine Instabilität des Farballels bei XY-Karyotyp in Frage.[12]

Whatever, Hauptsache, Elvis ist keine Elvine. Das habe ich jedenfalls verstanden. Und Hiller hatte doch mal wieder Unrecht. Die Welt ist noch in Ordnung.

»Also, Glückskatze«, sage ich erleichtert, während ich durch sein Fell mit dem besonders seltenen Gendefekt fahre, »von Natur aus unfruchtbar, trotzdem noch entmannt und immer angezogen wie ein Mädchen – kein Wunder, dass der unkastrierte Monster-Kevin dich ständig vertrimmt …«

Der Kater schnurrt zustimmend.

»Aber keine Sorge, egal was für ein Freak du bist, Laura und ich lieben dich natürlich trotzdem.«

Verflucht – Laura! Die kommt bestimmt gleich nach Hause und hier dünstet schon die ganze Zeit *Eau d'Alt'errenumkleide* durch den Flur. Ich springe auf, schnappe mir Tasche und Wäscheständer und eile zum Balkon. Elvis landet wider jeder Wahrscheinlichkeit auf allen vieren und folgt mir sofort. Miauend erinnert er mich daran, dass ich ihm schon vor Ewigkeiten mal was zu futtern geben wollte und er jetzt gefälligst Bezahlung für die Schmuseeinheit verlangt.

»Erst die Wäsche, dann Fressen«, erkläre ich dem Kater meinen Plan, als er mir auf den Balkon folgt. »Deine Pran-

12 https://de.wikipedia.org/wiki/Schildpatt_%28Katze%29#Genetischer_Hintergrund

ken mögen fies sein, aber wenn eine übermüdete Staatsanwältin ihre Krallen ausfährt, ist das noch weitaus ungemütlicher …«

Elvis teilt meine Sorge nicht, sondern kümmert sich schon wieder um ganz eigene Probleme: Kritisch schnuppernd analysiert er die Lage auf dem Balkon und schon nach wenigen vorsichtigen Schritten bauscht sich sein Schwanz deutlich sichtbar auf. Offenbar hat Kevin die eine oder andere Duftmarke hinterlassen. Unterdessen werfe ich die Hockeysachen hektisch über den extra beschafften Wäscheständer. Laura hat schon Recht, die Sachen stinken widerwärtig. Aber die Krönung ist das Suspensorium: Lendenschweiß ist wirklich ein fieses Konzentrat und steht geruchstechnisch fast auf einem Level mit Katzenkacke. Schon das Wort ist irgendwie ekelig: Lendenschweiß. Mit spitzen Fingern greife ich nach dem Hodenschutz und schleudere ihn zu den übrigen Klamotten. Blöderweise hat das Suspi zu viel Schwung, schlägt auf der Balkonbrüstung auf und rutscht auf der falschen Seite in die Tiefe. Ich höre noch, wie das Plastikgehäuse auf der Katzentreppe aufschlägt. Verdammt! Immerhin verrät mir ein Blick über das Geländer, dass das Suspi von einer Stufe der Treppe aufgefangen wurde. Vielleicht kann ich es sogar von hier aus noch erreichen. Das kalte Metall des Geländers drückt sich mir in die Magengrube, als ich mich vorbeuge. Ich mache mich so lang wie möglich, aber es fehlen wenige Millimeter. Würde mich die Katzentreppe tragen, wenn ich mich darauf abstütze? Vorsichtig taste ich mit den Fingern auf dem höher gelegenen Teil der Treppe herum. Das Holz gibt leicht nach, während ich langsam mein Gewicht darauf verlagere. Plötzlich knackst es irgendwo bedrohlich. Sofort beuge ich mich wieder zurück. Das Letzte, was ich jetzt brauchen kann, ist ein Sturz in den Garten. Und scheiße, ist das kalt! Hektisch blicke ich mich um. Elvis beobachtet neugierig mein Treiben.

»Hey, kannst du nicht mal eben das Suspi wieder hochbringen?«

Der Kater dreht sofort desinteressiert den Kopf weg, als er direkt angesprochen wird. Nein, kann er nicht. Er ist ja kein verdammter Hund, der auf Kommando Befehle befolgt oder dümmlich irgendwelche Sachen irgendwo hin apportieren würde.

»Danke«, sage ich giftig und erinnere ihn dann: »Du bist aber auch kein richtiger Kater!«

Die Schildpatt-Katze blinzelt unbeeindruckt. Alles klar, dann muss ich mir mein Suspi eben mittels modernster Technologie angeln – der geschwungene Hockeyschläger ist prädestiniert für diese Aufgabe. Vorsichtig ziehe ich den Lendenschutz die Katzentreppe hinauf.

»Die Treppe könnte jetzt ein bisschen stinken«, sage ich entschuldigend. »Lendenschweiß.«

Aber Moment mal … Schulz' Worte kommen mir wieder in den Sinn: »Mit so einer gebündelten Packung Testosteron kommst du wohl nicht klar. Kein Wunder, dass du immer von anderen Katzen vermöbelt wirst.«

Vielleicht ist das genau die Lösung? Ich streiche grinsend mit dem verschwitzten Suspi das Balkongeländer entlang. Kevin braucht einfach mal ein bisschen Respekt in Form einer geruchlichen Abreibung.

»Apropos *Abreib*ung, komm mal hier rüber, Elvis! Ich habe hier eine ganz besondere Fellkur für dich …«

Kapitel 7

Eisvogel

»Der ganzen Sache liegt ein schwieriger Sachverhalt zugrunde«, raunte Inspektor *Zadow*. Verschwörerisch beugte er sich über die Theke und winkte sein Gegenüber näher heran: »Es ist eigentlich noch zu früh, um einen konkreten Verdacht zu äußern, aber wenn Sie mich so fragen: Im Moment sieht alles danach aus, dass *Kevin, die Nase* – die meisten kennen ihn nur als *The Face* … Sie nicht? Wie auch immer – jedenfalls, dass *The Face* hinter der ganzen Sache steckt. Der Junge ist der prädestinierte Täter. Wie oft wir schon versucht haben, den Scheißkerl zu verknacken. Unfassbar. Gestern noch hat der doch tatsächlich wieder einen Bruch bei uns versucht. Leider ist er uns auch da durch die Lappen gegangen. Immerhin, wir konnten schlimmere Schäden verhindern …

Trotzdem bin ich mir ganz sicher, demnächst brennt auch bei uns die Hütte. Schließlich war es unsere Abteilung, die dafür gesorgt hat, dass *The Face* noch mehr Freigang bekommt. Ich war persönlich vor Ort, als wir den neuen Sicherheitszugang bei *Joe, dem Walross*, installiert haben. Schöne Scheiße ist das, kann ich Ihnen sagen. Davon haben *Old Spellin' Doc* und *Lady Pug* natürlich ebenfalls Wind bekommen und stellen jetzt alles und jeden unter Generalverdacht. Die drehen seit dem Mord sowieso völlig am Rad. Ich sage Ihnen, Wintereinbruch hin oder her, auf den Straßen da draußen ist niemand mehr sicher vor der Rache der beiden Alten. Aber was will man machen? Man kotzt halt nicht in einen Ventilator, ohne dass auch andere ein paar Stückchen abbekommen, nicht wahr?

Sogar meinen Partner verdächtigen die. Können Sie sich das vorstellen? Darf ich hier drin eigentlich rauchen? Ist auch ein ganz milder Pfeifentabak. Trotzdem nicht? Schon in Ordnung. Wo war ich? Ah richtig, *Sir Tom Lewis*: Ja, es stimmt schon, dass mein Partner ein Motiv hätte. *Big Jaw* hat ihn mehrfach bedroht und *Lewis* konnte das Großmaul nicht ausstehen. Aber wer konnte das schon? Ich meine, *Jaw* hat die ganze Nachbarschaft tyrannisiert. Nur solange der unter der schützenden Hand von *Old Spellin'* stand, hat sich ja niemand getraut, etwas zu unternehmen. Deswegen vermute ich auch, dass nicht einmal *The Face* das von langer Hand geplant hat. Vielleicht ist *Big Jaw* ihm einfach dazwischengekommen, als *die Nase* leichtsinnigerweise in die Residenz von *Spellin'* und *Pug* eingedrungen ist.

Ja, ich gebe zu, meine Theorie hat noch Schwachstellen. Wie zum Beispiel konnte *The Face* bei *Big Jaw* einbrechen? Das Domizil liegt viel zu weit oben, es gibt von den Gartenanlagen keinen direkten Zugang, und ein Seil oder eine Leiter hat er evident nicht benutzt. Und was ist mit dem Alibi, das *Joe, das Walross* uns gegeben hat? Insofern ist es aber ebenso möglich, dass *Joe* gelogen hat, um seinen Zögling zu schützen… Ja, ich weiß, was Sie jetzt einwenden werden: Dass ich das gleiche Motiv für meinen Partner hätte. Aber dann übersehen Sie da ein ganz entscheidendes Detail: *Sir Lewis* hat den Handlanger von *Old Spellin'* zwar gehasst, aber er hatte auch eine Heidenangst vor dem Mistkerl und jeden Kampf gescheut wie der Teufel das Weihwasser.«

»Entschuldigung, ich verliere mich in Details. Das interessiert Sie vermutlich alles gar nicht so genau«, räume ich ein. »Wie war doch gleich die Frage?«

»Was der tote Papagei auf meinem Tresen verloren hat, habe ich gefragt«, wiederholt die Tierarzthelferin äußerst kühl und unterschreitet damit sogar noch die Körpertemperatur des langsam auftauenden Goethe. Ich versuche, die kleine Pfütze unter seinen Schwanzfedern verschwinden zu lassen.

»Ja, also das ist so: Ich brauche da mal dringend ärztlichen Rat …«, ich lächle Sabine gewinnend an, doch die Mundwinkel der Tierarzthelferin regen sich keinen Millimeter.

Ausdruckslos erklärt sie: »Da muss ich Sie gar nicht bis zum Herrn Doktor vorlassen. Die Diagnose bekommen Sie von mir gratis: Der Vogel ist tot.«

Blöde Kuh.

»Wirklich?«, tue ich überrascht. »Wenn das so ist, dann hätte ich gerne eine Autopsie!«

»Wir sind eine Tierarztpraxis, kein Leichenschauhaus.«

Bei der Totengräberstimmung, die du hier verbreitest, ist mir das gar nicht aufgefallen.

»Haben Sie mir denn nicht zugehört?«, frage ich. »Es geht um Leben und Tod!«

Sabine rümpft die Nase und blickt wieder kritisch auf den tropfenden Vogel: »Eher Tod, würde ich sagen.«

Das war fast witzig, wäre die Situation nicht so ernst.

»Bitte, es ist wirklich, wirklich dringend.«

»Bei Ihnen ist es immer dringend, Herr Zadow. Wenn Sie sich hier blicken lassen, ist Ihr Kater angeblich immer dem Tode nahe. Oder Schlimmeres …«, werde ich jetzt auch noch vorgeführt, »zumindest behaupten Sie das – und dann ist es doch nur wieder eine einfache Kratzwunde.«

Warum zur Hölle bist du Tierpflegerin geworden? Du bist ungefähr so empathisch wie ein Toastbrot.

»Keine Sorge, der Vogel ist sicher tot«, patze ich zurück. »Aber Elvis vielleicht auch bald, wenn Sie mir nicht helfen!«

»Sehen Sie, was ich meine?«

Das kann doch einfach nicht wahr sein. Hilfesuchend blicke ich mich in dem leeren Wartezimmer um. Die beiden Poster *Yoga-Katzen* und *Yoga-Hunde* machen verschiedene Vorschläge für eine entspanntere Körperhaltung. Ich versuche es ebenfalls mit etwas mehr Gelassenheit und Vernunft: »Hören Sie, ich bin offensichtlich der einzige Patient hier.«

Tatsächlich heben sich Sabines Mundwinkel – für ein schadenfrohes Grinsen. Und jetzt erst realisiere ich meine Wortwahl. Schnell mache ich eine abwehrende Handbewegung: »Jaja, schon klar, haha, Patient, Tierarztpraxis, blablabla, keine Nervenheilanstalt, lustig, hihi ...«

Sabines Grinsen versteinert gleich wieder: »Wenn Sie so viel Angst um Ihre Katze haben, besorgen Sie sich doch einfach so eine Überwachungskamera mit Halsband. Die können Sie Ihrem Stubentiger dann über den Kopf ziehen und vierundzwanzig Stunden am Tag überwachen, was der so treibt.«

»Wie so überbesorgte Eltern, die Kameras in die Spielzeuge ihrer Kinder packen?«

»Ja genau.«

Liebe Sabine, ich muss zugeben, dass das gar keine schlechte Idee ist.

»So ein Blödsinn!«, behaupte ich. »Alles, was ich will, ist

eine ganz normale Nullachtfünfzehn-Obduktion für einen ermordeten Graupapagei.«

»Herr Zadow, früher haben Sie sich wenigstens die Mühe gemacht, Ihren Schreihals-Kater mitzubringen, um bei uns Unruhe zu stiften. Ein toter Papagei ist da nur ein schwacher Ersatz.«

Vielleicht ist es für alle besser, dass der den Schnabel nicht mehr aufmacht.

»Was wollen Sie?«, ätze ich. »Dass ich für Sie miaue? Würde das helfen?«

Sabine zuckt mit den Schultern und verzieht keine Miene.

»Miau«, sage ich.

»Was soll das denn sein?«

»Miauen«, sage ich.

»Sie klingen kein bisschen wie eine Katze. Schon gar nicht wie Elvis.«

»Miau. Miau. Miau.«

»Sie machen kein Miau-Geräusch. Sie sagen einfach nur laut die vier Buchstaben M-I-A-U.«

»Miau. Miau. Miau«, wiederhole ich.

»Sie müssen das mehr quäken, ein bisschen schriller: Miäää-ooh …«

»Was soll das denn sein?«

»Ein richtiges Miauen.«

»Quatsch, Sie klingen wie ein sterbender Esel!«, entgegne ich. »Es heißt ja nicht umsonst ›Miau‹.«

»Miäää-ooh!«

»Miau!«

»Ich habe täglich mit sehr vielen Katzen zu tun, und von denen sagt keine einzige ›Miau‹, so wie Sie das tun.«

»Doch, Elvis zum Beispiel!«

»Nein, Ihr Elvis ja wohl auch überhaupt nicht. Glauben Sie mir, den höre ich schon, wenn Sie noch mit dem auf dem Parkplatz sind. Und das ist ein ganz eindeutiges ›Miäää-oohh‹!«

»Mein Kater hat bestimmt keine Sprachstörung«, wettere ich. »Einen fellbezogenen Gendefekt vielleicht, aber keine Sprachstörung!«

Fehlt nur noch, dass er Asthma und leichte Neurodermitis bekommt.

Sabine lässt nicht locker: »Vergleichen Sie das doch mal damit, wie die Engländer Miau sagen! Mit M, E, O und W. Geschrieben ›Meow‹, aber gesprochen ganz eindeutig ›Miää-oooh‹.«

»Sind wir in England oder was?«

»Glauben Sie, britische Katzen miauen anders als deutsche?«

»Royaler vielleicht, mit ein bisschen mehr Stil«

»Sehen Sie, Ihnen gehen die Argumente aus.«

»Trotzdem habe ich Recht«, beharre ich. »Miau.«

»Miää-oooh.«

»Miau.«

»Miää-oooh.«

»Miau.«

»Miää-oooh. Miää-oooh.«

»Du meine Güte, und ich dachte, hier draußen wird jemand abgestochen« Dr. Unger steht im Türrahmen zum Behandlungszimmer. Der große Kleintier-Veterinär nippt an einer Tasse Kaffee.

»Entschuldigen Sie, Herr Doktor. Ich habe versucht, Herrn Zadow zu erklären, dass Mittagspause ist, aber er hat mir trotzdem das da auf die Theke geknallt. Und als ich ihm gesagt habe, dass Sie nur lebende Tiere behandeln, hat er auf einmal mit diesem Miau-Quatsch angefangen.«

»Quatsch?«, frage ich entrüstet. »Ich bin nicht derjenige mit dem phonetischen Schaden.«

»Was haben wir denn da?« Der Hüne tritt an die Rezeption heran und nimmt den Vogelleichnam mit überraschender Behutsamkeit in seine Pranken. Nachdem er Goethe kritisch beäugt hat, erklärt er: »Ein schönes Tier. Ein bisschen nass und ein bisschen tot vielleicht. Aber zu Lebzeiten bestimmt ein stolzer Vogel.«

»Ja, und von sich selbst sehr überzeugt. Vielleicht ist ihm genau das zum Verhängnis geworden«, entgegne ich. »Hören Sie, ich versuche herauszufinden, wer für den Tod des Viehs verantwortlich ist. Aber dafür muss ich wissen, wie er gestorben ist.«

»Ich habe Herrn Zadow schon auf die Einstichwunden aufmerksam gemacht. Die sind eigentlich nicht zu übersehen ...«

»So, so, ein Mordfall«, sagt Dr. Unger und kratzt sich über das unrasierte Kinn. »Und ich soll da jetzt eine Obduktion bei einem Vogel durchführen, oder was?«

»Ich bedauere, Herr Zadow, aber wie ich Ihnen schon sagte, behandelt Herr Dr. Unger nur lebende Tiere. Uns fehlen die Kapazitäten, um ...«

»Ich brauche diese Information! Da draußen rennt ein verdammter Mörder frei herum und Sie kommen mir hier mit Kapazitäten«, schimpfte der Inspektor und setzte dann mit scharfer Stimme nach: »An Ihren Händen wird weit mehr Blut kleben als das bisschen, was Sie noch in *Big Jaws* Eingeweiden finden werden. Wissen Sie überhaupt, welches Chaos der Tod von diesem alten Mistkerl bedeutet? Da draußen tobt ein verdammter Krieg ...«

»Ist das wieder so wie vor einem halben Jahr, als Sie behauptet haben, jemand hätte auf Elvis geschossen, und in Wahrheit war es nur eine simple Bisswunde?«, fragt Sabine gereizt.

»Das muss sich erst noch rausstellen!«, kontere ich und ernte nur ein müdes Lächeln.

»Geben Sie mir den Vogel doch einfach wieder!«, sage ich entnervt und halte die Hand auf, »Hat ja keinen Zweck.« Vielleicht war Dr. Unger sowieso die falsche Wahl. Schließlich hätte er uns damals schon auf die Besonderheit von Elvis' Fell hinweisen können.

»Endlich«, raunt Sabine.

»Och, ich finde das irgendwie ganz aufregend«, sagt der Hüne und nippt wieder an seinem Kaffee. »So eine klassische Obduktion habe ich schon seit Studentenzeiten nicht mehr gemacht. Und das hier ist ja mal ohne Frage ein tierischer Kriminalfall. Das scheinen nicht bloß haltlose Verdächtigungen zu sein.«

Sabine und ich schauen den Tierarzt gleichermaßen überrascht an.

»Immerhin haben wir eine Leiche, die Opfer eines Gewaltverbrechens geworden ist.« Der Tierarzt deutet mit der Kaffeetasse auf den tropfenden Goethe.

»Das heißt, Sie helfen mir?«

»Ich schaue mal drüber und wenn ich was finde, gebe ich Ihnen sofort Bescheid.«

»Wow«, sage ich und schiebe dann an Sabine gewandt

hinterher: »Also nicht ›Wau‹ im Sinne von ›Wau, Wau‹ wie der Hund macht, sondern als Ausruf der Überraschung: ›Wow‹.«

»Schon klar«, zickt die Praxishilfe zurück. »Außerdem wäre die klassische englische Aussprache für Hundegebell auch nicht einfach nur ›Wow‹, sondern ›Bow-wow‹.«

»Ja, genau«, entgegne ich sarkastisch. »Auf jeden Fall vielen Dank, dass Sie mir helfen, Herr Dr. Unger.«

»Ich werde sehen, was wir tun können. Mit ein bisschen Glück schaffe ich das noch bis Ende der Woche.«

»Und melden Sie sich, wenn Sie was haben!«, rufe ich auf dem Weg nach draußen. Während ich zum Auto schlendere, durchforste ich mein Handy. Verdammt, Sabine hat Recht: Die übliche englische Schreibweise für Hundegebell ist tatsächlich ›Bow-wow‹. Und was wollte ich noch nachgucken, was die Tierarzthelferin gesagt hat? Ah ja, genau, Halsbandkameras. Kaum habe ich *Catc…* eingegeben, beendet Google die Suche für mich und bietet mir gleich einen ganzen Stoß Amazon-Werbeanzeigen für Catcams an. Ich klicke auf die erstbeste und habe meinen Einkauf so gut wie erledigt, noch bevor ich das Auto erreicht habe. Schon morgen geliefert mit *Amazon Prime*? Und das erste Jahr kostenlos? Ja geil, das kann ich ja dann rechtzeitig wieder kündigen …

Kapitel 8

Third Eye of the Tiger

»Morgen, hier ist Post für euch abgegeben worden.« Schulz steht im Türrahmen und hält mir einen dicken Umschlag, der an Laura adressiert ist, sowie ein vielversprechendes Päckchen mit meinem Namen drauf unter die Nase. Sofort reiße ich ihm beides aus der Hand. Den Umschlag schleudere ich achtlos neben das Festnetztelefon zu ein paar anderen Unterlagen von Laura. Das wird sie schon sehen. Sofort bin ich wieder bei dem Päckchen, denn darauf warte ich doch bestimmt schon über vierundzwanzig Stunden. Vor Aufregung vergesse ich sogar, mich darüber lustig zu machen, wie sehr Schulz sich für diesen Besuch beim Nachbarn in Schale geschmissen hat. Hinter der Aufreißlasche kommt eine Hochglanzverpackung zum Vorschein.

»Na endlich!«, rufe ich. »Sie ist da! Sie ist da!« Elvis springt sofort auf die Kommode neben der Eingangstür und schnüffelt neugierig an dem Neuzugang.

»Ja, mein Freund. Schnupperst du die Zukunft?«, frage ich den Kater, dessen Hinterteil auf dem Umschlag thront, während seine Nase neugierig an dem Päckchen schnüffelt. Um die Neugierde des Katers anzufeuern, trommle ich über die Verpackung. Schulz blickt prüfend in unsere Wohnung: »Eigentlich wollte ich Elvis abholen, aber ich glaube, dafür komme ich später nochmal wieder. Laura ist eh noch nicht da, oder?« Der Nachbar wendet sich schon wieder der Treppe zu.

»Willst du nicht wissen, was hier drin ist?«, halte ich ihn auf anstatt seine Frage zu beantworten.

Doch Schulz winkt nur ab: »Nein danke, das kann ich mir schon denken. Und für deinen *Raumschiff-Enterprise*-Scheiß ist mir meine Zeit wirklich zu kostbar.« Mit der Rechten versucht er den vulkanischen Gruß zu machen, scheitert und lässt dann nur den Mittelfinger stehen: »Lebe lang und erfolgreich.«

»Sehr freundlich«, sage ich, während ich Elvis davon abhalten muss, mir das Päckchen aus der Hand zu reißen, »aber da ist kein Modellbausatz drin. Dafür ein anderes tolles Erwachsenenspielzeug.«

»*Now we're talking*!« Schulz macht auf dem Absatz kehrt. »Brauchst wohl mal neuen Schwung in der Kiste …«

Grinsend lasse ich Schulz in seinem Irrglauben und eile mit dem Päckchen in der Hand ins Wohnzimmer. Kaum habe ich mich in den Sessel fallen lassen, tauchen links und rechts von mir der Kopf eines neugierigen Nachbarn und der Kopf eines noch viel neugierigeren Katers auf. Beim Auspacken verheddern sich meine Hände in zu viel Pakettape. Weder Schulz' »Schneller! Schneller!« direkt in meinem Ohr noch Elvis' Krallen in meinen Handflächen sind irgendwie förderlich. Als ich schließlich doch den Kampf gegen die Verpackung gewinne und meine neueste Errungenschaft in die Luft halte, macht sich bei den anderen beiden Herren Ernüchterung breit. Schulz betrachtet das vermeintliche »Erwachsenenspielzeug« enttäuscht und erklärt: »Ey Max, Sextapes sind sowas von Neunziger …«

Elvis hingegen hat mehr Augen für die Schlaufe, welche an der kleinen Kamera in meinen Händen angebracht ist. Er scheint die frappierende Ähnlichkeit zu einem ihm äußerst unliebsamen Flohhalsband zu erkennen und verschwindet vorsichtshalber unter dem Verpackungsmaterial.

»Elvis hat mehr Grips als du, Schulz. Das sollte dir wirklich mal zu denken geben!«

Ich halte dem begriffsstutzigen Nachbarn die beigefügte Bedienungsanleitung der Catcam unter die Nase. Der blättert das Heftchen desinteressiert durch: »Was soll ich damit? Dir die vietnamesischen Sicherheitsanweisungen vorlesen?« Er rollt das Heftchen zusammen und versucht es mir ins Ohr zu stecken. »Hau zwei Batterien rein und dann nichts wie ab dafür, ne?!«

Ich wehre den Angriff auf meinen Gehörgang ab: »So einfach ist das leider nicht. Wir müssen erstmal die Software auf dem Rechner installieren. Und dann gibt es, glaube ich, eine Live-Bildübertragung und auch irgendwo einen Slot für eine Speicherkarte …«

Fünf Minuten später sendet die Kamera bewegte Bilder an meinen Laptop. Das Erste, was ich sehe, ist mein eigener angewiderter Gesichtsausdruck, der in beständiger Bewegung von Totale auf Halbtotale und wieder zurück wandert. Schulz hat sich die Kamera um die Stirn gehängt und beugt sich mit rhythmischen Bewegungen vor und zurück: »Vielleicht ist das Ding doch von Nutzen. Wenn ihr euren Spaß damit hattet, leihe ich es mir gerne mal aus!«

Ich reiße ihm die Kamera vom Kopf und gucke ihn und Elvis mit todernster Miene an.

»Gentlemen, dies hier ist streng vertraulich und unterliegt absoluter Geheimhaltung«, sagte *Zadow.* »Ich präsentiere Ihnen das Projekt ›*Eye of the Tiger*‹.«

»Was?«, Schulz sieht mich verständnislos an, doch sogleich hellt sich sein Gesicht auf: »Oh ja, mach mal ›Eye of the Tiger‹ an!«

»Seit dem Mord an Goethe besteht definitiv ein erhöhtes Sicherheitsrisiko für unsere eigenen Leute.«

»Kein Grund, jetzt nicht ›Eye of the Tiger‹ anzumachen.«

Wir müssen davon ausgehen, dass in unserer direkten Nachbarschaft ein Massenmörder sein Unwesen treibt. Nicht auszudenken, wenn der noch mal zuschlägt!«

»*It's the eye of the tiger* …« summt Schulz unfassbar schief.

»Jedenfalls müssen wir vorbereitet sein, falls etwas passiert. Wenn wir *Sir Lewis* rund um die Uhr im Auge behalten können, haben wir vielleicht die Chance, alles aufzuklären. Auf jeden Fall wirkt das neue Equipment abschreckend. Da vergreift sich so schnell keiner dran …«

»Okay«, nickt Schulz kurz, als sei das Thema damit abgehakt. Dann fügt er nach einer viel zu kurzen Anstandspause hinzu: »Aber jetzt sollten wir wirklich, wirklich ›Eye of the Tiger‹ anmachen.«

»Verdammt, hör mir doch mal richtig zu!«

»Das habe ich. Aber alles, was ich gehört habe, ist

›Mimimimi, ich bin ein Helikopter-Katzenpapa, mimimimi, der böse Doktor Hiller mimimimi…‹.«

»Ach, leck mich, Schulz.« Ich erhebe mich aus dem Sessel und trete verdächtig unauffällig auf Elvis zu: »Hallo, Chef.«

Zwei-, dreimal streiche ich ihm über sein magisches Glückskatzenfell und suche nach ein paar beruhigenden Worten. Doch alles, was mir jetzt einfällt, ist der Refrain von dem verdammten Survivor-Song. *»It's the eye of the tiger«*, flüstere ich beruhigend, während ich versuche, dem Kater das Halsband anzulegen.

»Endlich hast du es begriffen!«, jubiliert Schulz und eilt zu unserer Stereoanlage. Im Augenwinkel sehe ich, wie er sein Smartphone an die Boxen anschließt. »Hast du keine eigene Wohnung?«, frage ich ihn, während ich sanften Druck auf Elvis' Hinterteil ausübe. »Halt doch still, Elvis!« Denn der Kater hat mittlerweile begriffen, dass es ihm im wahrsten Sinne des Wortes »an den Kragen« gehen soll. Er versucht auszuweichen, doch mittlerweile kenne ich alle Tricks: Pfote rechts, Pfote links, wegducken, wieder angreifen, noch mal Pfote rechts, Pfote rechts, Pfote links. Rocky wäre stolz auf die Boxeinlage des Katers. Passend dazu dröhnt plötzlich das unverwechselbare *»Dam, dam-dam-dam«* der legendären Filmmusik aus unseren Lautsprechern. Für einige Augenblicke steht Elvis wie versteinert da und sträubt die Nackenhaare. Ich kann in aller Ruhe das Halsband feststellen. Der Schwanz der Katze erreicht Volumen und Aussehen einer bedrohlichen Klobürste. Ganz langsam macht er einige Schritte rückwärts in der Hoffnung, auf diese Weise der Schlaufe um seinen Hals zu entgehen. Als dies nicht von Erfolg gekrönt ist, beugt er sich vor und reibt mit dem Kopf über den Teppich. Doch auch damit lässt sich die vermaledeite Fessel nicht abstreifen. Unterdessen presst Survivor-Frontmann Dave Bickler die berüchtigten Zeilen der ersten Strophe hervor. Doch halt, was heißt hier berüchtigt? Ich glaube, genau genommen kennt doch kein Mensch den Text von ›Eye of the Tiger‹. Noch nicht einmal den Refrain kennt man komplett; allenfalls die titelgebende Zeile »*It's the eye of the tiger*« kann man mitgrölen und verfällt dann sofort in ein halbwegs melodisches »*dam-dam-dam*«, wobei ein stierender Gesichtsausdruck und ein intensives Mitwippen des Kopfes die mangelnde Textkenntnis in dieser musikgeschichtlich hochbedeutenden Situation überspielen sollen. Erst Elvis' ureigene Choreografie führt mir den Inhalt des Liedtextes in nie dagewesener Deutlichkeit vor Augen:

Rising up, back on the street / Did my time, took my chances …

Auch der Kater richtet sich auf, steht kurz auf den Hinterpfoten, schüttelt den Kopf und versucht erfolglos mit den Vorderpfoten das störende Halsband abzustreifen. Dann setzt er wieder zum Rückwärtsgang an.

Went the distance …

Doch der einzige Effekt ist, dass er mit dem Hintern gegen den Wohnzimmersessel prallt, panisch in die Luft geht, aber sogleich mit der Anmut eines samtpfotigen Stubentigers …

… now I'm back on my feet

Genau. Dann stürmt er wieder los, rennt aus dem Wohnzimmer. Auf meinem Computerbildschirm sehe ich, wie sich der Flur einmal um dreihundertsechzig Grad überschlägt. Dazu vernehme ich ein wütendes Fauchen über den Lärm der Musik hinweg.

Just a man and his will to survive!

Der Kater will leben! Und zwar ohne Halsband! Leider bringt es nichts, wie von der Tarantel gestochen durch die ganze Wohnung zu stürmen. Mittlerweile hat sich auch Schulz zu etwas mehr Bewegung entscheiden: Von der Musik getragen spielt er eine beeindruckende Luftgitarre und singt die Textzeilen mit einem äußerst überzeugenden »*damdamdam*«. Mit dem Laptop in der Linken geselle ich mich dazu, mache das unabdingbar todernste Gesicht und wippe mit ausgestrecktem Zeigefinger der anderen Hand im Takt der Musik. Auf dem Bildschirm flimmern nie zuvor gesehene Perspektiven unserer Wohnung.

It's the eye of the tiger / It's the thrill of the fight

Stubentiger und Halsband liefern sich einen erbitterten Kampf im Wohnungsflur.

... challenge of our rival / And the last known survivor / Stalks his prey in the night

Dann wird der Kater wie von Zauberhand in die Luft gerissen und Lauras irritiertes Gesicht erscheint auf dem Computerbildschirm. In Sekundenbruchteilen verfinstert sich ihre Miene.

Face to face, out in the heat / Hanging tough …

Mit Elvis unter dem linken und einem Stapel Akten unter dem rechten Arm steht sie im Türrahmen zum Wohnzimmer. Schnell schaltet Schulz die Musik aus. Mittlerweile hat er ein relativ gutes Gespür für angespannte Situationen entwickelt. Allerdings fällt ihm dann nur ein stupides »Es ist nicht das, wonach es aussieht« ein.

»Ihr hört nicht lächerliche Achtzigerjahre-Filmmusik und spielt dazu Luftgitarre?«

»Okay, vielleicht ist es doch ziemlich genau das, wonach es aussieht«, räumt er ein.

Laura sieht mich fragend an: »Und was ist das da um den Hals des armen Jungen?«

»Meine Krawatte? Schön, dass sie dir auffällt!«, freut sich Schulz.

»Ja, du bist sehr schick, Schulz.« Laura verdreht die Augen.

»Danke«, freut sich der Nachbar und streicht den Schlips glatt, »Trage ich total gerne. Ist schließlich auch ein riesiger Pfeil, der den ganzen Tag auf meinen …«

»Danke, zu viel Information!«, unterbricht Laura Schulz' aufrichtige Freude über sein pfeilförmiges Kleidungsstück. »Können wir bitte bei der Sache bleiben?!« Sie nickt in Richtung des Katers auf ihrem Arm.

»Ich habe eine Catcam besorgt«, sage ich trocken.

Laura lässt Katze und Aktenberge zu Boden fallen. Letztere landen rumsend auf dem Parkett, während die Samtpfoten lautlos den Aufprall abfedern. Laura verschränkt demonstrativ die Arme: »Und was soll das bringen?«

»Ist doch ganz klar« Ich verschränke meine Arme ebenfalls. »Damit können wir besser auf Elvis aufpassen.«

»Aufpassen? Wozu?«, stellt Laura sich offenbar extradumm. »Elvis ist ausgewachsen und absolut in der Lage, für sich selber zu sorgen.«

»Max ist halt ein bisschen plemplem …«, mischt sich jetzt auch noch Schulz ein. Was schlägt der sich denn jetzt schon wieder auf die Seite meines Gegenübers? Hat das System? Ich werfe ihm einen vernichtenden Blick zu. Dann entgegne ich schon deutlich lauter: »Hallo? Schon vergessen? Da draußen rennt ein wahnsinniger Drei-Klauen-Mörder rum, der massenhaft Haustiere umbringt.«

»Massenhaft?« Laura legt die Stirn in Falten. »Es ist genau *ein* Haustier gestorben. Und da wissen wir doch überhaupt nicht, wie das passiert ist.«

»Goethe wird sich jedenfalls nicht selbst das Leben genommen haben«, entgegne ich und verschlucke ein »Obwohl, bei den Besitzern …«. Schließlich wäre hier jeder schlechte Witz kontraproduktiv, wenn man der aufrichtigen Angst eines besorgten Bürgers Nachdruck verleihen möchte.

»Trotzdem ist es doch völlig unverhältnismäßig, Elvis deswegen eine Kamera um den Hals zu hängen«, erwidert Laura. »Außerdem weißt du ganz genau, dass Halsbänder eine Riesengefahr für Freigänger darstellen, weil die sich damit strangulieren können, wenn die irgendwo hängenbleiben …«

»Weitaus größer ist die Gefahr vor dem unbekannten Haustiermörder«, beharre ich. »Oder noch schlimmer: Vor den Hillers!«

»Lass die doch ihre Federn sammeln, wenn die glauben, damit irgendetwas beweisen zu können. Irgendwann frieren denen schon die Zehen ein.«

»Nicht jeder kriegt so leicht kalte Füße wie du!«, entgegne ich.

»Du weißt, was ich meine. Irgendwann wird denen das auch zu langweilig.«

»Meine Rede! Wer weiß, was der nächste Schritt ist?! Ist doch nur eine Frage der Zeit, bis dieser Bekloppte einen Vorwand findet. Und dann ist Elvis fällig ...«

»Reine Spekulation«, sagt die Staatsanwältin.

»Nein, Wahrscheinlichkeitsrechnung«, entgegnet der Versicherungskaufmann. »Hiller hat selber gesagt, dass er beim nächsten toten Vogel kurzen Prozess machen werde. Sein komisches Ultimatum ist längst ausgelaufen. Wenn er jetzt noch zusätzlich einen erfrorenen, verhungerten oder sonst wie verendeten Vogel findet, hat er endgültig seinen Kriegsgrund. Das ist doch alles nur eine Frage der Zeit. Darauf müssen wir vorbereitet sein.«

»Mit Kameraüberwachung?«

»Mit mehr Sicherheitstechnik. Und ja, der nächste logische Schritt ist die Catcam.«

»Und das aus dem Mund eines Mannes, der schon wegen einem Tasso-Chip Angst vor NSA-Überwachung hatte ...«

»Die neue Gefahrenlage bedingt ein höheres Maß an Kontrolle. Und dies bedeutet leider auch ein höheres Maß an Eingriffen in die Bewegungsfreiheit der Katze«, wiederhole ich fast wortgetreu das Zitat des Innenministers aus der gestrigen Tagesschau. Um die Sache abzurunden füge ich noch an: »Natürlich dürfen diese Maßnahmen nur temporärer Natur sein.«

Laura verdreht die Augen: »Du kannst der Katze nicht einfach eine Kamera umhängen und die gemütlich durch die Nachbarschaft spazieren lassen.«

»Wer sagt das? Du?«

»Ich und §201a StGB.«

»Ihr Juristen seid doch alle gleich. Im Notfall versteckt ihr euch hinter irgendwelchen Paragraphen. Deswegen kann euch auch keiner leiden! Ist sicher kein Zufall, dass in *Jurassic Park* als Allererstes der Anwalt vom T-Rex gefressen wird.«

Laura ignoriert meine zugegebenermaßen etwas abwegigen Ausführungen über die Beliebtheit von Rechtsanwälten und schiebt stattdessen eine Erläuterung zu Paragraph 201a des Strafgesetzbuches nach: »Je nachdem, was du da mit Hilfe von Elvis filmst, machst du dich möglicherweise wegen Verletzung des höchstpersönlichen Lebensbereiches unserer Nachbarn strafbar …«

»Höchstpersönlicher Lebensbereich – dass ich nicht lache! Der Garten gehört doch allen und ist bestimmt nicht irgendwem alleine vorbehalten. Obwohl manch einer ja behauptet, dass hier afrikanische Erdspechte höchstpersönlich unterwegs sind …« (Jetzt ist der schlechte Witz wieder angemessen, weil ich damit nicht meine eigene Position lächerlich mache, sondern im Gegenteil mit Humor Lauras Argumentation entkräfte.)

»Ich sag' es dir nur vorher, Max«, warnt Laura noch einmal eindringlich. »Wir wissen doch nicht, wo sich Elvis überall rumtreibt. Der Kater muss nur mal im falschen Augenblick von einem Baum aus in ein Fenster gucken und dabei irgendwen bei einer intimen Aktivität beobachten, und schon …«

»Geil!«, wird Laura von Schulz unterbrochen. »Also, ich meine … äh …«

»Wir können es doch wenigstens mal austesten«, schlage

ich mit meiner seriösesten Versicherungskaufmannsstimme vor und schiebe dann noch nach: »Und wenn was Persönliches drauf ist, wird es direkt und ohne zu zögern gelöscht.«

Genauso läuft es bei den Sicherheitsbehörden doch auch ab. Ganz bestimmt.

Laura seufzt entnervt.

»Das klingt doch vernünftig«, bohre ich nach und deute dann auf Elvis. Der Kater hat es sich mittlerweile auf dem Aktenstapel gemütlich gemacht und verfolgt mit geschlossenen Augen, aber gespitzten Ohren unsere Debatte. »Elvis hat sich doch schon an das Halsband gewöhnt.«

Laura massiert sich die Schläfen und wischt sich über die müden Augen: »Die nächste Katastrophe ist doch schon vorprogrammiert.«

»Kata-strophe oder Kater-strophe?«, frage ich neckisch, aber Laura winkt nur ab und entgegnet zynisch: »Den Witz hat garantiert noch nie jemand gebracht.«

Damit entschwindet sie aus dem Wohnzimmer. Sofort springt Elvis auf und läuft maunzend hinter ihr her.

»Hattest du etwa noch kein Abendbrot, du kleiner V-Mann?«, hören wir noch aus der Küche und kurz darauf kann ich auf dem Computerbildschirm Elvis' Nassfutter aus nächster Nähe bewundern. Während ich noch leicht angewidert auf überdimensionierte Stückchen von »Pute in Spinatgelee« starre, räuspert sich Schulz und erklärt: »Na, das habe ich doch super hingekriegt, ne?«

»Du?«

»Ja klar, haste nicht gemerkt, wie ich mich clever dazwischengeschaltet habe?«

»Nein.«

»Mann, Max, Laura ist jetzt bestimmt gut auf mich zu sprechen. Jetzt ist die perfekte Gelegenheit, um sie zu fragen, ob ihr mir Dings hier fürs Wochenende ausleihen wollt.« Er nickt in Richtung Bildschirm, wo durch das dritte Auge der Katze noch immer toter Vogel in grüner Soße bewundert werden kann.

»Die Catcam? Die habe ich doch gerade erst gekauft.«

»Nein, doch nicht die Cam, sondern die Cat, die dranhängt. Hatten wir doch drüber gesprochen und du wolltest Laura fragen ...«

»Habe ich irgendwie vergessen.«

»Jaja, dafür ist doch jetzt die beste Gelegenheit! Mann, Max, lass mich nicht hängen, ich habe einen empfindlichen Zeitplan ...«

»Fällt dir ja früh ein.«

»Konnte ich ja nicht wissen, dass du so unzuverlässig bist.«

»Mach dich nur noch beliebter«, drohe ich.

»Sei nicht so ein Weichei, Max!«, winkt Schulz ab und beginnt dann erneut seinen katzenfellbezogenen Masterplan zu erläutern. Berauscht von seinem eigenen Genie bemerkt er gar nicht, dass Laura wieder im Türrahmen steht. Mit säuerlichem Blick verfolgt sie die Ausführungen des Nachbarn.

»Elvis kann dann einfach bei mir pennen. Habe sogar ein bisschen Futter für den gekauft«, lobt Schulz sich selbst. Ich nicke möglichst ausdruckslos und beobachte, wie sich Lauras Gesichtsausdruck weiter verfinstert. »Auf die Idee hast du mich übrigens gebracht, Max, wo du doch jetzt immer in diesem Katzenforum chattest ...«

»Du bist der einzige Mensch, den ich kenne, der es

geschafft hat, alle Datingseiten dieser Welt leerzufischen, und jetzt schon auf Katzenforen angewiesen ist«, stelle ich irritiert und mit einer Mischung aus Bewunderung und Mitleid fest.

»Jaja, danke!«, wedelt Schulz meinen Einwurf beiseite. »Jedenfalls musste ich natürlich behaupten, ich hätte 'ne Katze. Es wäre also besser, wenn da morgen so ein niedliches Vieh bei mir in der Bude sitzt. Und der gute Elvis hier ist ja auch ein Hübscher …«

»Christopher Schulz. Was ist in deinem Hirn nur kaputt?«, fragt plötzlich Laura hinter ihm. Sie hat die Hände in die Hüften gestemmt und schüttelt langsam, aber entschieden den Kopf. »Hast du denn gar nichts aus dem Fall Lolita dazugelernt? Es ist noch nicht mal ein Jahr her, dass du versucht hast, eine arme unschuldige Katze aus dem Tierheim für deine kruden Geschichten zu missbrauchen …«

»Genau das habe ich auch schon gesagt«, bemerke ich achselzuckend.

»Also missbrauchen ist jetzt ein bisschen krass formuliert, ne?«

»… und jetzt willst du unseren Kater für deine perversen Bettgeschichten einspannen.«

»Naja, es ist ja nicht so, dass er am eigentlichen Akt teilnehmen soll. Er soll gleich einfach nur ein paar Haare verteilen, vielleicht so an ihrem Bein vorbeistreichen – so wie jetzt gerade bei dir – und morgen einfach möglichst niedlich …«, versucht Schulz seinen Plan zu retten.

Doch Laura schüttelt vehement den Kopf: »Du kriegst Elvis auf keinen Fall. Das steht nicht zur Disposition!«

»Warum hasst du mich?«, jammert Schulz.

»Das steht auf einem ganz anderen Blatt«, entgegnet Laura

trocken. »Hier geht es um eine völlig andere Frage: Katzen sind ortsgebundene Tiere. Die kann man nicht einfach nach Belieben in andere Wohnungen verfrachten. Sowas braucht Vorlauf- und Gewöhnungszeit.«

»Meine Wohnung ist genauso geschnitten wie eure.«

»Das ist doch völlig egal. Wir werden Elvis für deine komischen Sexgeschichten nicht einfach mal für ein paar Stunden aus seinem Revier herausreißen. Außerdem kommen morgen Elvis' ›Großeltern‹, um ihren ›Enkel‹ zu sehen. Da können wir den schlecht weggeben ...«

»Du hast die Frau gehört«, sage ich, als Schulz mich hilfesuchend anblickt, »aber vielleicht können wir dir anders behilflich sein.«

Grinsend drücke ich ihm Elvis' Stofflöwen in die Hand: »Im Halbdunkel nach dem zweiten oder dritten Glas Wein bemerkst du den Unterschied gar nicht mehr ...«

»Und dein aktuelles Problem lösen wir auch.« Laura fährt mit ihrer Hand durch die Ritze zwischen Sitzfläche und Lehne unserer Couch und zieht ein staubiges Büschel beigebrauner Katzenhaare hervor. »Hier! Hand auf! So viel Elvis kannst du gerne haben. Aber teil ihn dir gut ein!«

Schulz nickt und trottet enttäuscht zur Wohnungstür. Während er die Treppe nach oben steigt, baumelt seine Krawatte schlaff nach unten. Dabei dröhnt höhnisch die letzte Strophe von ›Eye of the Tiger‹ aus seinem Handy:

Rising up straight to the top/Had the guts, got the glory ...

Kapitel 9

Poltergeister

Erfolgreich habe ich Elvis zu Laura auf die andere Seite des Bettes vertrieben und bin fast eingeschlafen, als ein leider allzu bekanntes Geräusch durch die Schlafzimmerdecke wabert: ein rhythmisches Quietschen von einem nicht ganz sauber geölten Lattenrost. Mehr schlafend als wachend kuschele ich mich tiefer in mein Kissen und versuche das Geräusch zu ignorieren. Doch das nützt nichts. Im Gegenteil. Oben nimmt der Lattenrost mehr und mehr an Fahrt auf. Ich öffne genervt die Augen und starre an die Zimmerdecke: »Bitte nicht.«

Leider doch. Zu allem Überfluss mischt sich in den schlechten Scratch-Sound jetzt auch noch der Grundbeat von heftigen Stößen eines hässlichen Bettgestells gegen eine wehrlose Schlafzimmerwand. Bamm. Bamm. Ich drehe mich auf die Seite und versuche, mich auf etwas anderes zu konzentrieren. Auf dem Nachttisch neben mir stapelt sich ein Berg von Büchern, die ich unbedingt noch lesen muss. Oder von denen ich behauptet habe, sie bestimmt noch lesen zu werden. Ob ich alle in der Dunkelheit richtig erraten kann? Zur Ablenkung Bücher raten anstatt Schäfchen zu zählen.

Quietsch – bamm – quietsch.

Vereinzelt kann ich die helleren Schriftzüge auf den Buchrücken entziffern, bei den anderen versuche ich anhand der Dicke des Buches zu erkennen, um welches Prachtstück es sich handelt. Über mir wird derweil der Lärm noch lauter und verändert sich – aber nicht zum Positiven: Schulz und … Katharina (?) sind jedenfalls voll bei der Sache. Vor meinem geistigen Auge erscheint die Satinbettwäsche in Bordeauxrot mit japanischen Schriftzeichen und dem dazugehörigen schwarzen Satinbettlaken. Ich glaube, das war das letzte Mal kurz vor der Jahrtausendwende modern.

Quietsch – bamm – quietsch.

Nein, konzentriere dich auf die Bücher! Also, ganz unten liegt natürlich das Buch, das mir unser leicht verrückter Nachbar Herr Dr. Hiller mal geliehen hat: *Oden an die Katze*. Ein schweres gebundenes Monstrum, über fünfhundert Seiten stark, »mit zahlreichen farbigen Abbildungen« in sage und schreibe vier verschiedenen Farben.

Quietsch – bamm – quietsch.

Es folgen die Bücher, die mir Laura aufgedrückt hat: drei Bücher über Katzenhaltung und -ernährung, das Katzenbuch von Elke Heidenreich, das Buch des SMS-schreibenden Katers und schließlich noch der erste Teil von der Streunerkatze und dem Junkie.

Quietsch – bamm – quietsch.

Darüber liegen dann die gefühlt fünfzigtausend Fortsetzungen, die der Junkie und der Streunerkater mittlerweile produziert haben und in denen sie sich offenbar jedes Mal aufs Neue retten. Zugegebenermaßen ein genialer Schachzug. Aber bin ich der einzige, der findet, dass das Vieh auf dem Cover böse guckt? Und muss die Katze immer diesen dämlichen Schal tragen? Mit Katzenbuchcovern kann man so verdammt viel falsch machen. Oder ist es vielleicht per se unmöglich, ein cooles Katzenbuchcover zu gestalten?

Quietsch – bamm – quietsch.

Dann, in der jüngsten Schicht, folgt die ganze Katzenliteratur, die man mir zu Weihnachten geschenkt hat. Echt traurig. Insbesondere von langjährigen Freunden und den engeren Verwandten hätte ich mir da schon ein bisschen mehr Phantasie erhofft. Dabei kann ich mir genau denken, wie das bei der Geschenkfindung abgelaufen ist: Hmm, er mag Science-Fiction und hat dieses komische Modell-Raumschiff-Hobby. Aber da weiß man ja jetzt auch nicht so genau. Ach, und er hat ja eine Katze …

Quietsch – bamm – quietsch.

Ja, das ist gut! Vielleicht am besten ein Katzenbuch. Ein lustiges, denn Max hält sich ja für einen witzigen Typen. Und vielleicht hat Laura auch noch was davo … Über mir bekommt der Rhythmus einen noch gröberen Grundton: rums – rums.

Der Lärm ist jetzt vermutlich im gesamten Haus zu hören. Neben mir gibt Laura ein genervtes Murren von sich und nuschelt irgendetwas von »Dieser Perverse … ausgerechnet jetzt … schlafen …«.

»Ich glaube, die sind jetzt auch gleich fertig.«

Und tatsächlich, als man schon befürchten muss, dass das Bettgestell die Außenwand des Hauses durchschlägt, dringen ein erleichterter Aufschrei und ein verstörend langgezogenes Stöhnen durch die Schlafzimmerdecke. Dann wird es still. Laura schnaubt ein »Na, Gott sei Dank« und ist sofort wieder eingeschlafen.

Ich hingegen bin jetzt umso wacher. Katzenbücherraten

hatte so ziemlich den gegenteiligen Effekt vom Schäfchenzählen. Der Blick auf meinen Nachttisch in Kombination mit dem Lärm von oben hat mich jedenfalls wütend gemacht. Denn je länger ich darüber nachdenke, desto klarer zeichnet sich das traurige Bild von der Suche nach einem passenden Geschenk für den lieben Max ab: Vermutlich wurde erst am 23. Dezember bemerkt, dass man noch überhaupt nichts besorgt hat. Deswegen ist man ganz schnell auf den letzten Drücker noch bei Amazon online gegangen und hat verzweifelt nacheinander die Begriffe »Star Wars« und »Star Trek« eingegeben. Von der Auswahl der ganzen Franchise-Produkte überfordert (Hat er schon diesen *Han-Solo*-Eiswürfel-Maker?), hat man dann wahllos »Katze lustig« in die Tastatur gehauen. Oh, hier? Amazon schlägt vor: *Katze – Deutsch/Deutsch – Katze*. Ist das nicht superlustig? (Ja, exakt so lustig wie schon *Frau – Deutsch/ Deutsch – Frau* von Mario Barth.) Also, schnell bestellen. Damit es rechtzeitig ankommt, kann man sich eben noch einen Premium-Account einrichten. Am nächsten Tag hat man dann natürlich den armen Subunternehmer-Lieferanten verpasst, der auch an Heiligabend für effektiv 2,87 € pro Stunde in seinem alten Citroën mit kaputtem Rücklicht durch die Gegend gurkt. Verärgert findet man um 12:37 Uhr im Briefkasten den unleserlich ausgefüllten Abholschein mit dem Hinweis, dass der zuständige Paketshop noch bis 13 Uhr geöffnet hat. Also hetzt man selber mit dem Auto zum »Paketshop« alias Tabakladen alias Reisebüro alias Getränkemarkt, parkt in der zweiten Reihe und nimmt endlich *Katze – Deutsch/Deutsch – Katze* in dem braunen Amazon-Aufreiß-Umschlag von einem ebenfalls völlig »selbstständigen« Franchisenehmer entgegen. Draußen ärgert man sich über den Strafzettel (»Reine Abzocke! Geldmacherei! Und das am Heiligen Abend!«). Am Abend unterm Weihnachtsbaum folgt schließlich die Enttäuschung, wenn der undankbare Empfänger noch nicht einmal ein wenig Freude vortäuschen will.[13]

Apropos »vortäuschen«: Von der Etage über uns bahnt sich ein bereits vertrautes Quietschgeräusch erneut den Weg durch den Beton. Zunehmend wird es schneller und nach einigen Augenblicken rumst auch wieder ein metallenes Bettgestell in rhythmischen Bewegungen gegen die Schlafzimmerwand über uns.

»Das ist doch nicht wahr!«, schimpft Laura neben mir. Sie wälzt sich auf den Bauch und zieht die Bettdecke über die Ohren. Unweigerlich wird Elvis aus seiner mühevoll ausgelegenen Kuhle am Fußende herausgehoben und stürzt dann wieder in das Loch zurück. Überrascht hebt der Kater seinen Kopf zwischen den Falten hervor, gähnt und blickt mich fragend an. Ich zucke mit den Achseln und deute mit dem Finger auf die Zimmerdecke. Elvis starrt einen Augenblick verständnislos auf den Zeigefinger und gähnt noch einmal. Während die Geräuschkulisse von oben in einer unangenehmen Dauerschleife festzuhängen scheint, wägt die Katze ab, ob hier ein entspanntes Weiterschlafen möglich sein kann oder ob ein nächtlicher Streifzug nicht ohnehin überfällig ist.

---

13 Liebe Leserin, lieber Leser, solltest du dieses Buch auch nur als Verlegenheitsgeschenk erhalten haben, weil du aus Versehen Katzenbesitzer geworden bist, bitte ich aufrichtig um Entschuldigung. Aber vielleicht ist es ein schwacher Trost, wenn ich dir sage, dass deine Freunde auf jeden Fall vergessen haben werden, den Premium-Account wieder zu kündigen und jetzt ein Leben lang nicht nur mit ihren Daten, sondern auch mit barem Geld dafür zahlen müssen. Ich spreche da Catcam-bedingt aus eigener Erfahrung …

»Ist schwer, hier zu pennen, was?«, frage ich sinnloserweise.

»Seid doch bitte alle still!«, beschwert sich Laura und rückt noch einmal ihre Decke zurecht. Elvis wird erneut wie ein Fischerboot bei starkem Seegang emporgehoben und findet sich kurz darauf in einem völlig anderen Wellental wieder. Damit ist für den Kater die Sache klar: Plötzlich steht er auf allen vieren, macht einen Buckel und streckt dann die Vorderpfoten aus. Was man fälschlicherweise für eine ehrfürchtige Verbeugung halten könnte, sind nur die üblichen Aufwärmübungen, bevor er seinen nächtlichen Streifzug beginnt. Über uns hat man die Phase der Aufwärmübungen nun definitiv hinter sich gelassen: Zu dem schneller werdenden Rumsen des Bettes gesellen sich lautstarke lebensbejahende Ausrufe. Schulz ist – in absteigender Reihenfolge – ein hervorragender Liebhaber und auch ein anständiger Kumpel, aber ein echt beschissener Nachbar.

Elvis scheint das ähnlich zu sehen und macht Anstalten, die Bassbox zu verlassen. Gekonnt springt er vom Bett und beginnt mit einer gründlichen Katzenwäsche. Vor jedem Ausgang muss man sich schließlich fein machen.

»Laura, ich gehe noch eine Runde mit Elvis raus, bis der Krach vorbei ist«, beschließe ich. Aufstehen müsste ich jetzt sowieso, um den Kater rauszulassen. »Willst du mit?«

»Hmpf«, erwidert Laura dumpf durch ihre Stoffdecke. Ebenfalls dumpf durch eine Steindecke, aber mit weitaus mehr Elan scheint auch eine mir völlig unbekannte Dame zu antworten: »Oh ja, oh ja …«

»Daran solltest du dir mal ein Beispiel nehmen!«, sage ich in Richtung Laura, während ich aus dem Bett hüpfe.

»Oder du«, kontert sie trotzig. Unterdessen springt der Kater um meine Beine und tippelt dann zur Wohnungstür. Dort gibt er ein langgezogenes »Mauuu« von sich, so dass für einen Augenblick sogar das »Oh ja« von oben übertönt wird.

»Ich will doch einfach nur schlafen«, jammert Laura unter dem Plüsch. »Aber als würde dieser Viagra-Terrorist allein noch nicht reichen, musst du hier jetzt auch noch das Licht einschalten und mit dem Kater rumtoben …«

»Moment mal! Erstens toben Elvis und ich nicht, sondern machen nur noch einen Spaziergang«, korrigiere ich meine Freundin, »immerhin ist es Freitagnacht und zwei wilde Kerle wie uns kann man nicht die ganze Zeit in einen Käfig sperr…«

Über uns gibt es ein Krachen, das wie das Bersten von Holz klingt. Es folgt ein dumpfer Aufschrei. Der Kater und ich gehen in Habachtstellung. Laura blickt erschrocken unter ihrem Kissen hervor.

»Vielleicht war es das ja jetzt«, gibt sich Laura hoffnungsfroh. Doch kurz darauf ist Gekicher zu hören und wenige Augenblicke später hämmert es wieder rhythmisch vor sich hin. Laura verschwindet in den Tiefen ihrer Decke.

»Jetzt fangen sie vermutlich wieder ganz von vorne an«, erkläre ich dem Kater die Situation. »Dann können wir auch eine ganz große Runde gehen, Elvis.«

»Mauuu.«

Kurz darauf haben wir die nächtliche Ruhestörung hinter uns gelassen und stehen auf dem Absatz der Haustür. Bis auf die laternenbeschienene Straße mit den letzten paar Schneehaufen, die sich eisern im Rinnstein halten, liegt die Welt um mich im Dunkeln. Außer dem Rauschen des Windes höre ich nichts. Der Kater hingegen scheint die Nacht geradezu in sich aufzusaugen. Er lässt den Blick schweifen und seine Ohren drehen sich sprunghaft in alle Richtungen. Es muss ungemein praktisch sein, im Dunkeln so sehen zu können wie am helllichten Tage. Dazu dieses überragende Gehör, das vermutlich jedes noch so leise Husten einer Maus in fünfzig Metern Entfernung wahrnimmt. Elvis' Schwanz zuckt unkontrolliert umher. Mit einem leisen, aber eindeutigen »Meck« springt die Katze schließlich auf und eilt zum Rande der Siedlung. Wie die Miniaturausgabe eines Pumas stakst Elvis zwischen den parkenden Autos umher und läuft einmal quer über die ansonsten verlassene Straße. Ich schlendere gemütlich hinter ihm her und stopfe mir meine Pfeife. Zwischendurch verliere ich die Sicht auf Elvis, doch immer wieder taucht er neugierig an jedem Schneeklumpen schnuppernd wieder auf. Unser Spaziergang führt uns in einem großen Bogen entlang des stacheldrahtbewehrten Zaunes des US-Stützpunktes am Rande unserer Siedlung. Zahllose Überwachungskameras starren kalt auf uns herab. Ich frage mich, ob die zuständigen Soldaten, die Tag und Nacht auf ihre Bildschirme starren, mich und Elvis schon kennen (*»What's this?« – »Oh, that's nothin'. Just this weirdo going for a walk with his cat.« – »For a walk? Like with a dog?« – »Yeah.« – »And what's that in his hand? A pipe, really?« – »Like I said: weirdo …« – »Whatever …« – »Hey, have you seen the latest Marvel movie? They totally know how to turn shit into gold …«*).

Während meine Gedanken abschweifen, kommt auch der Kater vom Kurs ab und führt mich mehr oder weniger zielstrebig zur Gartenanlage hinter unserem Haus. Kein Fenster ist erleuchtet – selbst Schulz scheint seinen Trieben im Dunkeln nachzugehen –, so dass nur eine U-Boot-mäßige Warnleuchte über einem verhängten Papageienkäfig den Weg durch den Garten weist. Wir passieren die Mülltonnenumfriedung (leider öffne ich dabei ganz aus Versehen das Gatter), umgehen auf den Millimeter genau den Bewegungsmelder der Nachbarterrasse, umlaufen das Loch, welches Hiller im Sommer für das Vogelhäuschen gegraben hat, und kommen dann bei dem festgefrorenen Erdhaufen zum Stehen, von dem alle glauben, dass sich darunter noch ein toter Vogel befindet. Elvis macht es sich sofort auf dem kleinen Hügel bequem, so dass ich mich unweigerlich frage, ob man ein Grab noch schänden kann, wenn sich kein Leichnam mehr darin befindet.

Doch dann gefriert mir mein gehässiges Grinsen im Gesicht. Unter dem Tuch des Vogelkäfigs klirrt irgendetwas gegen die Metallstangen und eine Art Krächzen ist zu vernehmen. Keine Witze über die Toten! Schon gar nicht über tote Nazi-Papageien, die brutal aus dem Leben gerissen wurden und deren verdorbene Seelen immer noch ihr Unwesen auf Erden treiben. *Return to Castle Parrotstein.* Meine Nackenhaare richten sich auf und ein kalter Schauer läuft mir über den Rücken. Habe ich mir das nur eingebildet? Nein, auch Elvis hat etwas gehört, das einem totgeglaubten Haustier verdammt ähnlich klang. Der Kater geht in Lauerstellung und schleicht dann in gebückter Haltung auf den Balkon zu. Auch ich versuche mir einen besseren Blick zu verschaffen. Vielleicht kann ich mehr erkennen, wenn ich diagonal zwischen einer Lücke in der Verkleidung des Geländers hindurchschaue. Wieder dieses klirrende Geräusch und kurz darauf ein krächziges »Hiller! Hiller!«. Ach du Scheiße, Goethe ist gar nicht tot!

Und seinen Sprachfehler ist er auch noch losgeworden. Nur wie?

»Hiller«, krächzt es wieder.

Hat Dr. Unger den Vogel etwa wiederbeleben können? Aber wie?

»Hiller.«

Papageien-Nekromantie?

»Hiller.«

Ungersteins Monster?

»Hiller.«

Ein Klon?

»Hiller.«

War der Tod des Vogels nur vorgetäuscht? Eine Inszenierung, ein Vorwand?

»Hiller.«

Und warum hat Elvis keinen Schiss vor diesem abscheulichen Gespensterpapagei? Ich dachte immer, die Katze hätte eine Heidenangst vor dem brutalen Vogel. Doch jetzt stürzt Elvis geradezu auf den Balkon los. Zum Glück kann er nicht so hoch springen – hat Laura zumindest immer gesagt –, so dass man nicht fürchten muss, dass … Scheiße. Zielsicher steuert die Katze das Vogelhäuschen neben dem Balkon an. Senkrecht aufgerichtet ist der glatte Holzstamm unmöglich zu erklimmen. Doch jetzt, da er im Fünfundvierzig-Grad-Winkel gegen die Brüstung gelehnt ist, stellt der massive Stamm die perfekte Rampe für jeden vierbeinigen Eindringling dar. Selbst das Bisschen Schnee, welches auf der Oberseite festgefroren ist, behindert den Kater kaum bei seinem zügigen Aufstieg. Ich stürze hinter Elvis her, um Schlimmeres zu verhindern, Geisterpapagei hin oder her. Doch ich komme zu spät. Die Katze erreicht das Balkongeländer, ehe ich sie fassen kann.

»Hill… Aha!«

Die Abdeckung vom Papageienkäfig wird heruntergerissen und im roten Alarmlicht tauchen zwei U-Boot-Balkon-Nazis auf.

»*It's a trap*!«, brüllt ein kleiner fischäugiger *Admiral Ackbar* in meinem Kopf (*Star Wars VI*). Doch vor Aufregung bin ich unfähig mich zu rühren und verharre gleich unterhalb des Balkons. Oben scheint mich niemand bemerkt zu haben. Elvis hingegen starrt gebannt auf den Lauf einer riesigen Wasserpistole, dessen Ende direkt auf ihn gerichtet ist. Ach, *das* hatte Hiller neulich in der Hand, als er mich beim Leichenbuddeln fast erwischt hätte. Dieses Modell erkenne ich aus jeder Perspektive wieder: zehn Liter Fassungsvermögen, circa zwanzig Meter Reichweite, zwei Liter Überdruckkammer für den Shotgun-Modus. Wie gemacht für die Katzenjagd. Innerlich verfluche ich mich. Denn ich selbst habe Hiller die Waffe zum Geschenk gemacht, um Katzen, also genau genommen Kevin, vom Vogelhäuschen fernzuhalten. Wie konnte ich nur so blöd sein? Spätestens seit die Taliban bestens vom US-Militär ausgestattet wurden, um gegen die Sowjetunion zu kämpfen, weiß man doch, dass man keine Waffen an fremde Leute verschenkt. Den Preis zahlen am Ende immer die Falschen: »Jetzt bist du fällig, Kätzlein.«

Hiller pumpt mit kräftigen Bewegungen die Druckbetankung auf.

Sein anvisiertes Opfer wirft einen hektischen Blick hinter sich auf der Suche nach einem geeigneten Fluchtweg.

»Feuer, Ferdinand, Feuer!«, quiekt der Mops aufgeregt.

Kurz hatte Elvis den Holzstamm angepeilt, doch das Gekreische von Frau Hiller lässt ihn den direkten Sprung ins Ungewisse wagen. Immer noch starr vor Überraschung nehme ich alles wie in Zeitlupe wahr:

Die Katze schwebt in der Luft, als Hiller den Abzug betätigt. Die Wucht des Strahls wird Elvis' Flugbahn verändern, denke ich noch, als ein lauter Knall zu hören ist. Elvis dreht sich in der Luft und reißt die Pfoten vors Gesicht, als bitterkaltes Wasser und Eiskristalle die Luft erfüllen. Doch der Kater wird nicht direkt von einem gezielten Wasserstrahl getroffen. Die Überdruckkammer der Waffe ist in den Händen des Doktors explodiert. Der Rückstoß reißt Herrn Hiller fast von den Füßen.

Nur Frau Hiller scheint die Wasserfront nichts auszumachen. Jetzt mehr begossener Pudel als Mops greift sie blitzschnell nach der gläsernen Flasche, aus der sie Goethe immer mit Wasser versorgt hat. Sie reißt den Deckel ab und kippt den Inhalt über die Brüstung. Der zweite Angriff verfehlt den Kater nur um Haaresbreite und garantiert bekommt er noch einige weitere Spritzer ab. Mit zusammengerolltem Schwanz schießt die Katze davon.

»Rakasch!«, brüllt es hinter Elvis her.

Diese Arschlöcher. Erst die Katze anlocken und dann so einen Terror machen. Mit Wut und Sorge im Bauch schleiche ich davon.

Der Inspektor hätte sich denken können, dass die angekündigten »Maßnahmen« von diesen beiden Verbrechern nichts Gutes bedeuten konnten. Am liebsten hätte *Zadow* sofort mit beiden kurzen Prozess gemacht. Doch er musste sich erst um *Sir Tom Lewis* kümmern. Zum Glück war die Knarre des alten

Mannes nach hinten losgegangen. Ein schwacher Trost, denn er wusste nicht, ob sein Partner dennoch verwundet war. Ihm blieb vielleicht nicht viel Zeit. Wenn sie *Lewis* auch nur ein Haar gekrümmt hatten ... Dann würde es richtig hässlich werden ...

»Elvis?«, flüstere ich, als ich mich wieder außer Sichtweite der Verrückten wähne. »Es ist alles in Ordnung. Ich bin da und beschütze dich vor diesen Irren.«

»Mau?«, Elvis tapst verunsichert aus dem Gebüsch neben der Eingangstür hervor.

»Ja, komm her, kleiner Mann! Keine Ahnung, wie man nur so bekloppt sein kann. Die halbe Nacht auf der Lauer liegen und hoffen, dass vielleicht ein armer Elvis vorbeikommt und auf die eigenen schlechten Papageistimmen-Imitate hereinfällt ...«

Ich hebe den verstörten Kater in die Höhe und checke sein Fell. Tatsächlich hat er ein bisschen was abbekommen. Seine linke Flanke ist jedenfalls nass geworden. Noch dazu steigt mir ein beißender Geruch in die Nase: »Bah, mit was haben die denn geschossen? Spiritus? Die sind ja völlig geisteskrank!«

Elvis gefällt die Spontanuntersuchung gar nicht. Miauend windet er sich in meinen Armen.

»Nein, Chef, ich bringe dich jetzt erstmal rein und dann gucken wir dich nochmal in Ruhe an.«

So gut es geht, halte ich den krallenbewehrten Zappelphilipp mit meiner Linken fest, während meine Rechte alle Mühe hat, das Schloss zu treffen. Endlich schwingt die Tür auf und ich habe wieder beide Hände zur Verfügung, um den strampelnden Kater festzuhalten. Um ihn zu beruhigen erzähle ich einfach weiter: »Okay, zugegebenermaßen war die Imitation der Hillers gar nicht so schlecht. Es fehlte halt nur das markante ›d‹. Aber das wollen die komischen Nachbarn bei ihrem Vogel ja auch nie gehört haben. Überhaupt hören die nie zu. Ich erinnere mich noch kristallklar daran, dass ich Hiller gesagt habe, er solle niemals bis zum roten Bereich aufpumpen, weil der Tank das nicht mitmacht. Und keine Ahnung, wie lange die schon auf dem Balkon gehockt haben. Jedenfalls so lange, dass sich Eis im Lauf bilden konnte und das Rohr noch zusätzlich verstopft hat …«

»Oh mein Gott, wo bin ich hier nur gelandet?«, höre ich plötzlich eine Frauenstimme. Erst jetzt fällt mir auf, dass das Licht im Hausflur an war, als wir reinkamen. Auf dem Treppenabsatz steht eine aufgetakelte Blondine, die entsetzt auf mich und Elvis herabschaut. Wir schauen nicht minder dämlich zurück. Sogar Elvis verharrt für einen Moment überrascht. Auf den zweiten Blick stelle ich fest, dass ihr Haar ganz schön verwuschelt ist und sie ihre schicke Kleidung offenbar in aller Eile übergezogen hat. Unter ihrem Lidschatten sind ein paar rote Ringe zu erkennen und die Augen wirken irgendwie verheult. Schulz' One-Night-Stand, vermute ich. Die ist er ja überraschend schnell losgeworden, selbst für seine Verhältnisse. Da haben die paar Haare von Elvis' Fell also ganze Arbeit geleistet.

»Sind Sie endlich fertig?«, frage ich. »Schön, dann kann ich ja weiterschlafen, sobald ich die Katze versorgt habe.«

Sie blickt angeekelt auf den strampelnden Elvis.

Um meine Aussage zu verdeutlichen, halte ich ihr die nasse Katze entgegen: »Kommt Ihnen diese Behaarung bekannt vor?«

Die Frau stürzt panisch an mir vorbei: »In diesem Haus sind ja einfach alle irre!«

»Das ist noch gar nichts, Katharina«, rufe ich ihr nach. »Schauen Sie sich mal die Leute aus der Einundfünfzig an! Die gehen wirklich gar nicht.«

Kapitel 10

Das Gelbe vom Ei

Auf dem Geschenkpapier wiederholt sich das endlose Motiv von zwei Comickatzen. Sie sitzen dicht gedrängt nebeneinander und die Schwänze formen ein Herz hinter ihrem Rücken. So langsam wie möglich packe ich das Geschenk aus. Hinter dem Katzenmotiv des Verpackungspapiers kommen die Ohren eines weiteren Stubentigers zum Vorschein: »Der große Katzenkalender« steht in geschwungenen Lettern darüber. Ich reiße das Papier auf und blättere durch die Seiten: Katze. Katze. Katze … Es ist, als hielte ich eine niemals endende Katzen-Matrjoschka in den Händen.

Sowas passiert immer, wenn die »Großeltern« zu Besuch sind. Elvis' »Adoptiv-Großeltern« Jürgen und Rita Poßler. Er hält vierzigtausend Puten in einer möbelhausgroßen Mastanlage gleich neben seinem Wohnhaus. Sie besitzt ungefähr genauso viele Katzenfiguren aus Ton und Keramik. Er redet am liebsten gar nicht. Sie redet am liebsten immer. Wenn er doch mal den Mund aufmacht, erzählt er von seinem Kükenhäcksler. Wenn sie doch mal den Mund geschlossen hält, liegt das daran, dass sie auf ein Dankeschön für einen grauenhaften Katzenkalender wartet.

»Wäre doch echt nicht nötig gewesen«, sage ich wahrheitsgemäß und blättere durch die dreihundertfünfundsechzig Seiten wie durch ein Daumenkino. Ein Daumenkino des schlechten Geschmacks. Dreihundertfünfundsechzig Varianten von Katzen. In Eimern. Auf Leitern. Auf Kissen. In Bollerwagen. Auf anderen Katzen. Bezeichnenderweise stoppt der Durchlauf auf einem Freitag, dem 13. Ein schlafendes Katzenbaby mit getigertem Fell liegt eingerollt in einer Gemüsekiste.

»Müsste da nicht eigentlich eine schwarze Katze sein?«, frage ich vorwurfsvoll. Absolut nicht durchdacht. Da hat einfach jemand die Rechte an dreihundertfünfundsechzig Katzenfotos erworben, das Datum drunter geklatscht und in Hochglanz ausgedruckt. Ich blättere mich bis zum Dezember vor. Ja, okay, am 24.12. findet sich tatsächlich ein Katzenbaby mit einer schief sitzenden Weihnachtsmannmütze auf dem Kopf. Superkreativ.

Ich reiche den Kalender an Laura weiter.

»Das ist ja süß«, quietscht sie beim Durchblättern. »Oh, und das hier erst …«

Das kann sie nicht ernst meinen.

»Ich weiß doch, was euch gefällt, gell?«

Gell.

»Aber hallo«, sagt Laura und lacht nochmal wie eine entzückte Vierjährige. Das meint sie einfach nicht ernst.

»Ja, blöd nur, dass dieses Jahr schon angefangen hat«, bemerke ich. »Da müssen wir wohl bis zum nächsten Jahr warten, bis wir das Ding aufhängen können.«

»Nee, Max, guck mal, da hast du doch die Tage auf jeder Seite stehen, gell?«, Frau Poßler deutet auf die Benennung der Wochentage gleich unterhalb des Datums. »Die sind ja jedes Jahr anders.«

»Oh ja, noch viel blöder«, stelle ich fest. »Dann müssen wir jetzt sieben Jahre warten, bis der Kalender wieder passt.«

Frau Poßler blickt mich irritiert an.

»Stimmt, das Schaltjahr hätte ich fast vergessen. Da wiederholt sich der Wochentag ja genau einmal«, sage ich entschuldigend. »Dann acht Jahre.«

Die menschgewordene Katzenmama kann mir nicht folgen. Laura hingegen lässt sich auf meine Argumentation gar nicht erst ein. Probeweise hält sie ›drei Katzenbabys in Strohhut‹ vom heutigen Tag an verschiedene Stellen im Flur und erklärt: »Sei nicht dumm, Max. Die ersten paar Seiten davor reißen wir einfach ab.«

Rita nickt ein zufriedenes »Gell«.

»Aber das wäre doch schade um die schönen Bilder«, wende ich ein. Photographische Highlights wie ›Katze in der Gießkanne‹, ›Katze im Atelier‹ und natürlich ›Pyramide aus sechs schlafenden Katzenbabys‹ wären damit für immer verloren.

»Hier das Bild in der Malerwerkstatt – wenn das nicht Kunst auf ganz vielen Ebenen ist«, betone ich.

»Vielleicht könnt ihr die ja extra aufhängen, wenn dir das so wichtig ist, Max«, schlägt Frau Poßler vor.

»Das ist eine hervorragende Idee. Laura, findest du nicht auch?«

»Auf jeden Fall!«, nickt sie und hantiert immer noch mit dem Kalender herum. »In der Garage müssten ja noch ein paar große Bilderrahmen sein. Vielleicht passt davon der ein oder andere …«

Mittlerweile bin ich überzeugt, dass sie mich nur ärgern will, vermutlich aus Rache für den zerstörten Sprüche-Kalender. Und was wäre da besser geeignet, als ein noch viel grausigerer Katzenfoto-Kalender? Aber wäre sie bereit, tagtäglich diese fürchterlichen Bilder zu ertragen, nur um mir eine reinzuwürgen? Während ich noch über die Rachegelüste meiner Freundin sinniere, räuspert sich Herr Poßler und hält fragend eine weiße Plastiktüte mit einem lachenden Hahn hoch: »Und wo soll das hin?«

»Och, was ist das denn?«, frage ich geheuchelt neugierig. Natürlich weiß ich genau, dass auf der anderen Seite des rundlich gespannten Plastiks zwei bis drei Vogelkadaver darauf warten, monatelang in unserem Tiefkühlschrank aufbewahrt zu werden. Naja, jetzt wo Goethe wieder raus ist, dürfte das gerade so passen. Andere haben ein Tiefkühlfach, wir haben ein Vogelleichenkühlhaus. Zumindest bis zu dem Tag, an dem endlich der Strom mal ausfällt und wir das salmonellenanfällige Fleisch trotz garantierter Antibiotikumakkumulation »leider« wegschmeißen müssen (»Schade um das gute Fleisch.« – »Ja, aber sicher ist sicher.« – »Ja.« – »Ach, guck mal! Dahinter ist noch Aioli von deiner Mutter.« – »Echt? Wie geil! Zeig mal!« – »Müssen wir wohl auch wegschmeißen …« – »Quatsch. Was soll da denn da passieren?« – »Ei?!? Salmonellen?!?« – »Ach, die geht noch!«).

Während ich plötzlich unfassbaren Appetit auf Aioli bekomme, wird mir die Tüte noch dichter vors Gesicht gehalten: »Haben euch ein bisschen Geflügel mitgebracht …«

»… und ein paar Hühnerherzen für den feinen Elvis, gell? Apropos, wo ist der Schatzi denn überhaupt?«, suchend blickt sich Rita Poßler nach Elvis um.

»Der schläft, glaube ich, im Wohnzimmer, vielleicht gucken wir gleich mal vorsichtig nach«, schlage ich vor.

Unterdessen hat Laura nach geheuchelter Suche den offensichtlich nicht-passenden Platz für den Kalender gefunden: gleich neben den Schlüsselhaken an der Eingangstür – wo auch schon der Vorgänger hing. Es geht also wirklich nur um Rache.

»Ich finde den Platz irgendwie suboptimal.«

»Warum?« Laura tritt einen Schritt zurück und hält das dreißig mal vierzig Zentimeter große Flauschkatzenmotiv so weit wie möglich von sich gegen die Wand.

»Direkt neben der Tür ist der Durchzug bestimmt zu heftig. Früher oder später wird das Ding ebenfalls runtergerissen. Zum Beispiel, wenn man mit vollbepackten Händen vom Einkaufen kommt oder so. Haben wir doch alles kürzlich erst erlebt …«

»Wie gesagt: für euch, Max.« Poßler tippt mir auf den Rücken und hält mir dann die Tüte unter die Nase.

»Ach, da ist ja der kleine Elvis, gell?«

Durch die Henkel der Plastiktüte sehe ich den Kater noch überrascht vom Sessel im Wohnzimmer aufblicken, bevor er von einem Blümchenkleid regelrecht verschluckt wird.

»Mauurgh …«

»Ja, ja, die Omama freut sich auch dich zu sehen, gell?« Rita Poßler hält den strampelnden Kater unbeirrt im Griff und will gar nicht merken, dass ihr »Enkelkind« absolut keinen Bock auf die unliebsame Verwandtschaft hat. Selbst seine Krallen können der erfahrenen Katzenfrau (Typ 3) nichts anhaben. Fast scheint es, als könne sie seine Abwehrbewegungen in kinetische Schmuseenergie umwandeln. Je mehr Widerstand der Kater leistet, desto unerbittlicher bekommt er die Liebe der Katzen-Übermutter zu spüren. Mitleidig beobachte ich das Schauspiel: Rita Poßler ist ihre eigene Comicfigur. Wenn man mit Buntstiften eine Zeichnung von ihr anfertigen würde – und sei sie mit noch so einfachen Strichen gezogen – sähe das Ergebnis genauso aus wie das Original. Überall Rundungen, darüber ein Blümchenkleid und im Gesicht rote Pausbäckchen. Elvis könnte man in diesem Augenblick problemlos dazu- – oder besser: hineinzeichnen: mit zwei nutzlos herabhängenden Vorderpfoten, einer verwuschelten Haartolle, heraushängender Zunge und hervorquellenden Augäpfeln. Arme Katze. Für Elvis kommt jede Hilfe zu spät. Die Ästhetik des Wohnungsflures kann ich hingegen noch retten – soweit das mit einem Katzenklo halt möglich ist. Ich stelle mich so, dass nur Laura mein Gesicht sieht und forme lautlos mit den Lippen: Auf. Keinen. Fall. Hängen. Wir. Uns. Diesen. Scheiß. In. Den. Flur.

Laura erwidert ebenso lautlos: Oh. Doch. Mein. Freund.

Eine Plastiktüte raschelt hinter mir: »Vielleicht sollte man das Fleisch mal kühlen.«

Ich nicke über meine Schulter und gebe in die andere Richtung noch: Auf. Keinen. Fall. Laura.

»Guck mal, Elvis, da sind ja auch die Mama und der Papa, gell?«

»Ich bin eigentlich nicht der …«

»Wenn man das nicht kühlt, wird selbst das beste Fleisch irgendwann schlecht.«

»Ich lege die abgerissenen Kalenderblätter hier hin, falls du davon wirklich noch welche aufhängen willst. Der Kalender hängt jedenfalls. Schön, oder?«

»Guck mal, Elvis. Noch mehr Maunzis an eurer Wand, gell?«

»Der Tiefkühler ist doch sicher in der Küche?«

Ich gebe mich an allen Fronten geschlagen. Und so hocke ich eine halbe Stunde später willenlos mit der lieben »Verwandtschaft« in der Küche und nippe an meinem dritten Glas »hausgemachtem« Eierlikör, das mir der vogelzüchtende Besuch aufgequatscht hat (»Wir diversifizieren jetzt und machen auch in Eierlikör«). Dabei wandert mein Blick unglücklich zwischen dem Katzenkalender im Flur, dem Kühlschrank, in dessen Kühlfach jetzt zwei weitere tote Puten hausen, und einem ebenso verzweifelten Kater in den Fängen von Rita Poßler hin und her. Wenigstens schmeckt der Tiefkühlkuchen, und der Eierlikör zeigt die gewünschte Wirkung – auch wenn ich es bedenklich finde, dass der Produzent selbst keinen einzigen Tropfen trinkt. Als Fahrer hat er die perfekte Ausrede. Er sitzt ebenso still da wie ich und verfolgt mit stoischer Ruhe das Gebrabbel seiner Frau. Denn Rita Poßler berichtet ohne Unterlass von ihren vier »Bitäls« (Tschohn, Poal, Tschortsche und Ringo) und dass sie jetzt endlich auch das letzte Kind aus dem Wurf von Ringo (ja, Ringo ist ein Weibchen) vermittelt habe. Aber es sei ja immer so traurig, die Kleinen wegzugeben. Aber auch schön, wenn man die glücklichen neuen Eltern sehe. Und überhaupt, eigentlich werde die Familie ja beständig größer. Fast jedes Wochenende könne man zu Kaffee und Kuchen zu einem Katzenkindlein fahren. Und das sei doch ganz wunderbar, gell? Herrlich, wie die sich so weiterentwickeln. Wie der kleine Elvis zum Beispiel, gell?

Sie drückt den wehrlosen Kater noch fester an sich und kurz habe ich Sorge, dass er sich wieder *zurück*entwickelt, wenn ihm noch länger der Sauerstoff entzogen wird. Doch ehe die Katze eins ihrer neun Leben für einen wirklich sinnlosen Tod aufbrauchen muss, lässt Frau Poßler wieder locker. Dafür stopft sie ihm ein großes Stück Käsekuchen in den Mund. Laura und ich tauschen missmutige Blicke aus. Wenn wir schon notgedrungen in die Rolle der Katzeneltern gezwungen werden, müssen wir auch einen pädagogischen Anspruch hochhalten. Und vom Tisch füttern geht bekanntermaßen gar nicht. Doch das scheint Frau Poßler egal zu sein, als Großmutter genießt man schließlich Sonderrechte. Da darf man schon mal sämtliche elterliche Erziehungsarbeit von Wochen und Monaten mit einem Wisch beiseitefegen.

Ich exe mein fünftes Glas Eierlikör und beobachte dann missmutig, wie sich der begeisterte Kater Häppchen für Häppchen mit Reizgaskonzentrat auffüllen lässt. Denn neben der pädagogisch-psychischen Problematik besitzt das Füttern mit Käsekuchen auch auf gesundheitlich-physischer Ebene Konfliktpotential: Dass Katzen laktoseintolerant sind, habe mittlerweile sogar ich begriffen. Frau Poßler als Patriarchin einer ganzen Katzendynastie dürfte dies ebenfalls bestens bekannt sein. Aber da es nicht sie ist, die heute Nacht im Vier-Minuten-Takt angefurzt werden wird, interessieren sie auch diese Bedenken nicht weiter. Enthemmt von meinem sechsten Glas Eierlikör will ich Frau Poßler ganz offen meine ehrliche Meinung sagen. Doch Laura, die meine gespitzten Lippen richtig deutet, kommt mir zuvor: »Max, warum zeigst du Herrn Poßler nicht mal, wie du die Katzentreppe winterfest gemacht hast?«

Gesagt, getan. Keine zwei Minuten später stehen wir auf dem Balkon und starren etwas hilflos auf die Katzentreppe.

Zum Glück verleihen uns unsere beiden karierten Hemden den nötigen professionellen Anstrich. Elvis, der es irgendwie geschafft hat, sich aus den Fängen seiner »Großmama« zu befreien, leistet uns Gesellschaft. Er hockt auf dem Gartentisch am Balkongeländer und analysiert die Schneeverhältnisse im Garten, während Poßler und ich wortlos unsere Pfeifen anzünden.

»Da«, sage ich und deute mit meiner Pfeife über den Kopf des Katers hinweg auf die Katzentreppe, »frisch gestrichen.«

Poßler nimmt einen tiefen Zug und nickt fachkundig.

»War ein bisschen schwierig«, füge ich hinzu, »gerade an den Haken.«

Erneutes Nicken.

»An die soll ja gerade nichts drankommen.«

Zustimmendes Schmatzen.

»Drei in eins«, füge ich hinzu, weil Poßler immer noch nichts sagt, »Lasur, Rostschutz und …«

Ich halte inne und überlege. Was war das Dritte nochmal?

»… und …«

»Schimmelentferner?«

»Nee.«

»Stockfleckenbehandlung?«

»Auch nicht.«

»Hmm …«

Paffend stehen wir vor der Katzentreppe.

»Das ist auch dieses schnelllebige Smartphone-Zeitalter«, sage ich schließlich. »Ständig diese Ablenkung. Immer was Neues. Man kann sich ja die einfachsten Sachen nicht mehr merken …«

»Ich musste schnell mal gucken, ob schon Fütterungszeit ist«, erklärt Poßler entschuldigend und packt sein Handy weg. »Was sagtest du, Max?«

»Ach, nichts.«

Zum Glück bietet auch das analoge Leben den ein oder anderen Spezialeffekt, der noch nicht so ohne Weiteres durch eine App ersetzt werden kann: »Kevin, ming Jong, wu bess do?«

Die Stimme des Hausmeisters echot zwischen den Hauswänden hin und her: »Kevin? Kevin?«

Kurz darauf schiebt Jupp Boor seinen mächtigen Leib in unser Blickfeld und raschelt mit einer Packung Katzenleckerlis.

»Hallo, Jupp«, lenke ich seine Aufmerksamkeit auf uns.

Eigentlich brauchte der Inspektor überhaupt nicht weiterzufragen. Das besorgte Gesicht von *Joseph »Joe«, dem Walross* sprach Bände. Wenn *Kevin, die Nase* als Hauptverdächtiger so kurz nach dem Tod von *Big Jaw* spurlos verschwand, konnte dies nichts Gutes bedeuten.

»Wann wurde *The Face* denn das letzte Mal gesehen?«, fragte *Zadow* möglichst emotionslos.

»Habe ihn gestern Abend auf seinen üblichen Rundgang geschickt«, erklärte das *Walross*. »Das muss so gegen neunzehn, zwanzig Uhr gewesen sein …«

Der Inspektor wusste genau, was mit »Rundgang« gemeint war: Präsenz in der Nachbarschaft zeigen, das Revier verteidigen, andere Nachtschwärmer terrorisieren und bei Gelegenheit ein paar Mäuse pressen. In seinen dunklen Stunden war *Sir Lewis* keinen Deut besser.

Drüben auf dem Hillerschen Balkon aktiviert die Zeitschaltuhr die rote Puffbeleuchtung und offenbart die Leere des Vogelkäfigs.

»Wann de Bekloppte dohinger stecke dun, denn jit et ävver wat. Denn loße mer d'r Dom ävver nid mih en Kölle, denn kütt ›halve Hahn' en janz neue Senn, denn hätt et hi ävver eens richtich knollich Kasalla …«, droht der Hausmeister.

»Bleib erstmal ruhig, Jupp. Kevin taucht schon wieder auf. Vielleicht wartet er nur darauf, dass wir vom Balkon verschwinden, damit er in Ruhe sein Ding machen kann …«

Pah, von wegen »in Ruhe«. Der Hausmeister hat natürlich völlig recht. Garantiert haben diese beiden Irren von gegenüber den armen Klingonen Hops genommen. In Windeseile klopfe ich meine Pfeife aus und greife Elvis mit der freien Hand unter den Achseln: »Wir gehen am besten gleich rein. Dann hat Kevin auch nicht mehr Elvis' Witterung in der Nase …«

»Da ist der kleine große Schatz ja wieder, gell?«, kreischt es uns begeistert aus der Küche entgegen. Elvis beginnt heftig zu strampeln, doch bevor ich etwas dagegen unternehmen kann, befindet er sich wieder im eisernen Griff einer verrückten Katzenfrau des Typs 3.

»Elvis ist nämlich geradezu Gold wert, gell?«, erklärt Frau Poßler ihrem Mann. »Das hat mir Laura gerade erklärt.«

»Naja, ›Gold wert‹ habe ich jetzt nicht gesagt«, entgegnet Laura. »Ich meinte halt nur, dass männliche Schildpatt eine Seltenheit sind.«

»Ein Grund mehr hierfür!«, sage ich und krame die Catcam aus der Küchenschublade mit den Katzenutensilien hervor.

»Max, ich dachte, wir hätten das geklärt.«

»Ja, aber unter einer anderen Ausgangssituation. Mittlerweile hat sich die Sicherheitslage frappierend verschärft«, erkläre ich mit militärischer Prägnanz. »Die Zahl der verschwundenen Katzen in diesem Areal ist in den letzten vierundzwanzig Stunden um hundert Prozent gestiegen.«

»Schildpatt?«, fragt Herr Poßler dazwischen.

»Halt still, Elvis!«

Obwohl sich der Kater im stählernen Griff von Omama Poßler befindet, gelingt es ihm, dem Halsband auszuweichen.

»Verschwundene Katzen?«, fragt Laura irritiert.

»Das sind so Katzen, die immer Weibchen sind, gell. Aber der feine Elvis hier ist trotzdem ein Männchen.«

Diese Erklärung ist nicht nur nichtssagend, sondern das blöde Herumgefuchtel von Frau Poßler führt auch noch dazu, dass Elvis erneut dem Halsband entgeht. Ganz zu schweigen davon, dass dem Kater bestimmt schlecht wird bei dieser Achterbahnfahrt.

»Stillhalten, bitte!«, fordere ich Frau Poßler auf und versuche an ihren Mann gewandt das Missverständnis aufzulösen: »Das ist eine Art Gendefekt.«

»Max, lass Elvis mit der verdammten Catcam in Ruhe!«

»Männliche Katzen sind ein Gendefekt?«, fragt Herr Poßler.

»Nein.«

»Naja, das Y-Chromosom ist schon ein verkümmertes X-Chromosom …«, wendet Laura ein.

»Aber darum geht es nicht.«

»Du bist auf jeden Fall ein kleiner Goldschatz, gell?«

»Kannst du jetzt bitte die Catcam weglegen!?«

»Wer weiß, mit seinem komischen Gendefekt ist er vielleicht eine wertvolle Zuchtkatze, gell? Schade, dass ihr ihn kastriert habt …«

»Nicht, bevor Kevin nicht wieder aufgetaucht ist, Laura. Und Frau Poßler, ich sagte: Stillhalten!«

»So? Dann würde ich sagen, trinken wir doch auf den ganz besonderen Goldjungen! Wer möchte noch ein Glas Eierlikör?«

»Kevin ist weg?«

»Prost!«

Die ganze Runde ext ein großes Glas Eierlikör. Ist das eigentlich Putenei?

»Ja, hat Boor gerade gesagt«, sage ich, während ich mein Glas absetze. »Kevin ist seit gestern nicht mehr zu Hause gewesen.«

»Das mit dem Band für die Katze musst du aber nicht machen, Max. Das ist doch gefährlich, gell?«

»Hat der Hausmeister Kevin draußen gesucht, oder was? Sag doch mal, Max!«

»Noch ein Gläschen?«

Ich nicke, wobei sich alle drei Gesprächspartner bestätigt fühlen. Dann exe ich, was mir unweigerlich eingeschenkt wird. Vom Alkohol befeuert erkläre ich verschwörerisch in die Runde: »Da kann man eins und eins zusammenzählen und dann weiß man schon, wer dahintersteckt …«

»Max, du musst mir das jetzt mal in aller Ruhe mit diesem Gendefekt erklären. Ich glaube, meine Frau ist da nicht die richtige Ansprechpartnerin.« Poßler schiebt mir das gefühlt hundertfünfzigste Glas Eierlikör herüber. Egal. Das Zeug wärmt wunderbar nach dem kalten Balkon und verschafft mir die nötige Behaglichkeit nach diesem anstrengenden Wortgefecht.

»Also, da muss ich länger ausholen …«, sage ich und bemerke sogar selbst einen leicht lallenden Unterton in meiner Stimme. »Sie kennen doch bestimmt den Film *Jurassic Park*. Das sind ja auch im Prinzip große Vögel – wie bei Ihnen im Mastbetrieb. Vielleicht hatten Dinosaurier sogar Federn, sagen zumindest jüngste Forschungen. Nicht nur der Archäopteryx …«

Vielleicht wird der Abend doch noch ganz nett, überlege ich. Laura hingegen verdreht die Augen. Sie bedeutet Herrn Poßler, ihr auch noch großzügig nachzuschenken.

»Jedenfalls diese Dinos in *Jurassic Park*, die sind genetisch verändert … Das sind auch alles Weibchen und trotzdem … Ach, wissen Sie was? Warum gehen wir nicht ins Wohnzimmer und ich mache uns den Film einfach mal an, okay?«

Kapitel 11

Mordskater

Das Erste, was ich bewusst wahrnehme, ist dieser fiese Geschmack auf der Zunge. Mein Mund fühlt sich an, als habe ein unkastrierter Kater sein Geschäft darin verrichtet. Das Zweite, was ich bewusst wahrnehme, ist, dass mir das Denken unfassbare Kopfschmerzen bereitet.

»Aua.«

Mein Schädel droht zu explodieren.

Langsam jetzt.

Ganz langsam.

Bloß nicht so viel auf einmal.

Vorsichtig, ganz vorsichtig blinzele ich aus dem Fenster. Draußen schießt matschiger Schneeregen aus einem eintönigen Grau herab. Vielleicht jagt auch das ganze Haus dem Himmel entgegen. So ganz sicher kann ich das gerade nicht sagen. Weiß und Grau flimmern vor meinen Augen und mein Gleichgewichtssinn hat sich auch noch nicht entschieden, wo oben und unten sein soll. Schnell schließe ich die Lider wieder und drehe mich noch mal um. Mein Schädel fühlt sich an, als habe Thor persönlich mit all seiner göttlichen Kraft Mjölnir hineingehämmert. Dabei ist für diese Schmerzen nicht der germanische Donnergott mit seinem Kriegshammer verantwortlich, sondern der sehr, sehr sterbliche Herr Poßler mit seinem verfluchten Eierlikör.

»Aua«, krächzt meine ausgetrocknete Mundhöhle erneut. Zu mehr als zwei Vokalen bin ich intellektuell noch nicht imstande. Nur langsam formen sich halbwegs klare Gedanken in der eigelbgefärbten Likörsoße, die mal mein Gehirn war: Auf jeden Fall habe ich ordentlich gebechert. Und angeregt mit Poßler über Putenhaltung geredet. Wie schwer doch alles geworden sei, seitdem die Leute immer mehr auf vegan und so machten. Und Frau Poßler, die Elvis fast zu Tode geschmust hätte. Weil der doch jetzt Gold wert wäre, wo man das mit dem Schildpatt-Gen wüsste. Da wäre der etwas ganz Besonderes, der kleine Spatz. Herrje, das war ja auch alles nur mit Alkohol zu ertragen. Nicht einmal *Jurassic Park* wollten die gucken. Und dann war da auch wieder Heidenlärm bei Schulz oben. Da hatten wir aber eigentlich schon geschlafen. Hat der schon wieder sein Bett kaputtgemacht? Und … Völlig aus dem Zusammenhang schiebt sich ›Holzpflege‹ in orangenen Baumarkt-Lettern aus den Untiefen meiner grauen Zellen hervor. Ah ja, genau, Poßler und ich waren ja auf dem Balkon, um die restaurierte Katzentreppe zu bewundern.

»Holzpflege«, bringe ich jetzt sogar ein ganzes Wort mit Konsonanten hervor und steigere mich dann sogar noch zu einem (fast) ganzen Satz: »Das war es! Lasur, Rostschutz und *Holzpflege.*« Darüber, dass mir doch noch die Dreifaltigkeit der Katzentreppenbehandlung eingefallen ist, freue ich mich sogar einen Augenblick, bevor mir klar wird, wie sinnlos diese Information jetzt ist. Das menschliche Gehirn ist schon ein Wunder – eines, das mir jetzt leider höllische Schmerzen bereitet. Hilflos wälze ich mich im Bett umher, doch ich kann nicht mehr einschlafen. Irgendetwas hält mich wach – und es ist zur Abwechslung nicht Elvis. Komisch eigentlich, der hat doch sonst einen sehr guten siebten Sinn für jede Gelegenheit, bei der man einen besonders wehrlosen Menschen mit übermäßigem Dauerjammern terrorisieren kann. Verregnete Katersonntage sind eigentlich seine Spezialität. Dröhnender Kater im Kopf und miauender Kater im Ohr gehören eigentlich ganz selbstverständlich zusammen. Wo zur Hölle ist also die Katze, wenn man sie mal braucht?

Moment, was für einen Bockmist fabriziere ich mir denn hier zusammen? Brauchen? Meine grauen Zellen funktionieren wirklich noch nicht richtig. Ich sollte Elvis dankbar sein, dass er auf seine sonntägliche Musikeinlage verzichtet.

Eigentlich. Denn jetzt bin ich trotz seiner Abwesenheit endgültig wach. Der kleine Mistkerl muss nicht mal mehr physisch anwesend sein, um mir den Schlaf zu rauben? Das ist doch bekloppt. Entnervt öffne ich wieder die Augen, wobei ich bewusst den Blick in das Schneetreiben meide. Man muss den Brechreiz ja nicht unnötig provozieren. Dafür kann ich vielleicht etwas gegen den Hammer in meinem Kopf unternehmen. Ich schiebe mich an Laura vorbei, die fast so diagonal im Bett liegt wie sonst Elvis, und tapse mit unbeholfenen Schritten in die Küche. Dort werde ich stumm von zwei gläsernen Mahnmalen empfangen, auf deren Grund der letzte Rest einer gelblichen Flüssigkeit festtrocknet.

»Teufelszeug«, fluche ich in Richtung der Eierlikör-Flaschen und öffne das Medizinschränkchen. Kurz drauf sprudelt die Kopfschmerztablette in einem frischen Glas

Wasser. Ich beobachte, wie hunderte kleiner Bläschen sich den Weg an die Wasseroberfläche bahnen. In dem Fensterpanorama dahinter treten die Schneeflocken immer noch die genau entgegengesetzte Richtung an. In meinem Schädel prallt all das aufeinander. Ich schließe wieder die Augen und warte, bis das Sprudelgeräusch der Tablette nachlässt. Dann stürze ich den chemischen Gegenangriff in wenigen großen Schlucken hinunter.

»Nie wieder Alkohol!«

Um dieses Versprechen zu untermauern, räume ich die leeren Flaschen vom Küchentisch zum restlichen Altglas. Das Klirren hallt in meinem Kopf, als würde eine Herde Elefanten in einem Porzellanladen Rugby spielen.

»Aua«, höre ich Lauras Stimme hinter mir.

Kommentarlos hole ich noch eine Brausetablette aus der Verpackung und reiche ein sprudelndes Glas an die andere wandelnde Alkoholvergiftung weiter. Auch Laura kippt den Inhalt in einem Zug hinunter, wobei sie noch nicht einmal wartet, bis sich die Tablette ganz aufgelöst hat.

»Harter Getränkeunfall«, stellt sie dann nüchtern fest. Wobei »nüchtern« hier im Sinne von »sachlich« zu verstehen ist.

Ich nicke und ergänze: »Mit den Poßlers. Das ist schon fast irgendwie peinlich.«

Laura nickt und schenkt sich noch ein Glas Leitungswasser nach. »Dieser Scheißeierlikör. Ich glaube, mir war noch nie so schlecht«, erklärt sie, als sie das leere Glas wieder absetzt. Dann starrt sie einen Moment zu lange in das Flimmern der Schneeflocken. »Oh, das ist ja widerlich …«

»Ich lasse mal ein bisschen frischen Sauerstoff rein«, beschließe ich und öffne die Balkontür. Ein Schwall kalter

Luft schießt mir entgegen. Fast automatisch trete ich auf die Seite, um eine vierbeinige Heulboje hereinzulassen, die sich vielleicht auf einem der Gartenstühle zusammengerollt oder in meiner Hockeytasche ein bisschen Schweißgeruch getankt hat. Doch die gekonnte Seitwärtsbewegung ist völlig umsonst. Kein Gejammer, kein Miaue und vor allem kein Elvis.

»Komisch«, sage ich mit Blick auf die weißgraue Matsche in unserem Garten, »wo treibt sich denn Elvis rum? Oder pennt der zur Abwechslung mal brav im Wohnzimmer?«

»Also ich habe ihn nicht reingelassen«, gähnt Laura. »Ich bin nicht ein einziges Mal wegen dem aufgestanden.«

»Dito«, sage ich und schließe die Balkontür wieder. »Aber der ist schon abends mit den Poßlers raus, oder?«

Eine alkoholgetränkte Erinnerung an Elvis, der sich zwischen meinen Beinen und dem Türrahmen nach draußen quetscht, während Frau Poßler sich mit einem Schwall aus Lallen und »Gell?«-en von uns verabschiedet, wabert durch mein Gehirn.

»Ja, ich glaube auch. Das war trotzdem eine total unruhige Nacht. Oben bei Schulz ist ja wieder die Hölle losgewesen«, flucht Laura. »Ich habe superschlecht geschlafen wegen dem ganzen Lärm.«

»Schön, dass wir ihm doch helfen konnten«, stelle ich zynisch fest.

»Wie auch immer. Ich gehe jetzt nochmal schlafen.« Laura nimmt noch einen großen Schluck Wasser und tapst dann ins Schlafzimmer zurück. Vielleicht ist das gar keine schlechte Idee, doch nochmal zu versuchen, ein bisschen zu pennen. Ich nehme noch einen großen Schluck Sprudel, bevor ich Laura folge. Die Kohlensäure vertreibt nicht nur den komischen Geschmack der Kopfschmerztablette, sondern schafft es sogar einigermaßen, die Katzenpisse aus meinem Mund zu vertreiben. Damit bleibt nur noch der Kater in meinem Kopf.

Zadow verfluchte sich. Er würde ...

Ja, was eigentlich? Gar nicht so einfach, einen verkappten Katzenkrimi zu schreiben, wenn der vierbeinige Protagonist sich nicht blicken lässt und der eigene Intellekt auf Silberfischchen-Niveau heruntergesoffen wurde. Auch ist es aus literarischer Sicht nicht sonderlich berauschend, ewig auf der Doppeldeutigkeit des Wortes ›Kater‹ herumzureiten. Immerhin kann man dieses Problem aber auch positiv sehen: Zwar ist Elvis' Abwesenheit der Länge dieses Kapitels sicherlich nicht zuträglich; meinem Schlaf dafür umso mehr. Hoffe ich zumindest ...

Nein, nicht einmal das ist mir vergönnt. Kaum, dass die Schmerztablette ein wenig Linderung verschafft und ich tatsächlich fast noch einmal wegdöse, schrillt das Festnetztelefon durch die sonntägliche Stille.

»Das ist bestimmt für dich«, erkläre ich sofort und gebe Laura einen sanften Schubs in Richtung Matratzenrand. Vermutlich ist das Lauras Cousine, da habe ich jetzt echt keinen Nerv für. Laura offenbar auch nicht: »Lass einfach klingeln ...«

Leichter gesagt als getan. Wer auch immer am anderen Ende der Leitung wartet, bringt eine Menge Geduld mit. Oder besser: eine Menge Penetranz. Jetzt heißt es eisern bleiben. Ich muss nur länger durchhalten als der unbekannte Anrufer oder Laura. Meine Chancen stehen also zwei zu eins. Und tatsächlich: Die Wahrscheinlichkeit gibt mir recht.

»Verflucht nochmal!«

Beim gefühlt hundertdreiundfünfzigsten Klingeln wirft Laura die Decke zur Seite und springt aus dem Bett: »Ich wette, das ist nur Frau Poßler, die anruft, um nochmal zu sagen, wie nett es gestern war«, schimpft sie. »Immer dieses inkontinente Nachtröpfeln von gefühlsduseligem Nonsens …«

Oha! Da bekommt aber jetzt jemand sein Fett weg. »Wenn es tatsächlich die Poßlers sind, sag ihnen, dass du ein Strafverfahren wegen schwerer Körperverletzung einleiten wirst. Scheißeierlikör!«

»Berger?« – »Oh, hallo. Das ist aber eine Überraschung.« – »Nein.« – »Ach komisch.« – »Nein, überhaupt nicht.« – »Elvis aber auch nicht.« – »Ja.« – »Ja.« – »Nein.« – »Ja.« – »Genau. Oder einfach ein bisschen Fressen rausstellen. Die sind doch alle gleich.« – »Ja.« – »Ich wollt' grad sagen …« – »Ja.« – »Bestimmt.« – »Auf Wiederhören.« – »Ja klar, sofort.« – »Ja, tschö.«

»Und?«, frage ich, als ich höre wie Laura langsam ins Schlafzimmer zurückschlurft.

»War nur der Hausmeister. Hat gefragt, ob Kevin zufällig mal hier aufgekreuzt ist«, antwortet sie abwesend und schiebt dann deutlich interessierter hinterher: »Wann ist denn die Post hier für mich gekommen?«

Ich öffne die Augen und sehe wie sie einen dicken Umschlag in ihren Händen wendet. Ich brauche eine Weile, bis ich das braune Papier zuordnen kann: Ach richtig, den Umschlag hat Schulz Freitag schon vorbeigebracht. Bei der ganzen Aufregung um die Catcam habe ich den völlig vergessen.

»Von Dr. Unger«, erklärt Laura überrascht und befühlt den Umschlag, »Für eine Rechnung wohl ein bisschen dick …«

Ja komisch, warum bekommt Laura denn jetzt Post vom Tierarzt? Wieder arbeitet mein Gehirn zu langsam und ist noch mit der Datenverarbeitung beschäftigt, als sie den Umschlag schon aufgerissen hat. Zum Vorschein kommen zahlreiche Farbfotos von einem toten Papagei auf einem silbernen Tisch. Auf einigen fehlt dem Vogel an ganz entscheidenden Stellen das Gefieder. Dafür sind mit schwarzem Filzschreiber Kreise und Linien entlang verschiedener Einstichwunden gezogen. Lauras Gesicht wird immer länger.

Scheiße. Natürlich. In der Praxis ist Laura Berger und nicht Max Zadow als Ansprechpartner im System gelistet. Und der Tierarzt hat die Autopsieergebnisse einfach an Elvis' Adresse geschickt.

»Äh, ich glaube, das ist für mich.«

»Was ist das? Was? Was?« Laura reißt die Hände in die Höhe und wedelt energisch mit den Blättern durch die Luft.

»Vorsichtig. Das war bestimmt nicht ganz billig. Die ganzen Farbfotos …«, versuche ich sie zu beruhigen und setze mich aufrecht hin.

»Bitte, bitte sag mir, dass du nicht Goethe ausgegraben und dann den Tierarzt beauftragt hast, den Vogel zu untersuchen!«

Kaum etwas hasste die Staatsanwaltschaft so sehr wie Detektive, die glaubten, sie müssten auf eigene Faust ermitteln …

»Also, von Ausgraben kann kaum die Rede sein bei gerade mal zehn Zentimetern Deckschicht«, bemerke ich, »… und

Dr. Unger war total begeistert. Der hat das quasi von selber vorgeschlagen.«

»Ganz von allein? Nachdem du den Vogel ausgegraben hast, hat er dich ganz zufällig angerufen und dir angeboten, Goethe zu rupfen?«

»Wie gesagt: quasi …«

»Ich bin … zu verkatert, um mich aufzuregen«, flucht Laura. Doch das scheint nicht die ganze Wahrheit zu sein: Mit dem Zettelhaufen in der Hand wirft sie sich auf ihre Hälfte und stopft sich zwei Kissen zwischen Nacken und Rückenlehne. Ein Lächeln huscht über mein Gesicht, als ich sehe, wie sie nach ihrer Lesebrille greift.

… und doch war nichts wichtiger als Eigeninitiative bei der Ermittlungsarbeit. Inspektor *Zadow* konnte nur hoffen, dass sich dieser Schuss ins Blaue in einen Treffer verwandelte.

Mit jeder Sekunde, die sie durch die Unterlagen blättert, wird ihr Blick konzentrierter. Möglichst unauffällig rücke ich näher zu ihr heran und mustere abwechselnd Laura und die Unterlagen. Meine kriminalistisch versierte Freundin überfliegt den mehrseitigen Untersuchungsbericht und wirft immer wieder vergleichende Blicke auf die Fotos. Ich betrachte die Bilder ebenso, kann aber nichts erkennen, was mich Lauras Stirnrunzeln nachvollziehen ließe. Immerhin bemerke ich, dass die Bilder durchnummeriert sind und sich neben jeder fotografierten Wunde eine kleine römische Ziffer findet. Ich versuche, irgendeine konkrete Erkenntnis aus Laura herauszukitzeln, und sage möglichst beiläufig: »Der Tierarzt hat das wirklich professionell gemacht …«

»Hmm«, nickt Laura. Dann hält sie mir ein Foto unter die Nase, welches in Nahaufnahme die uns bereits bekannte Kombination von Einstichlöchern in dreieckiger Anordnung zeigt: »Jaja, von wegen super gemacht: Ist das eine Neun oder eine Elf?«

»Das da?«, frage ich und deute auf die XI, »Ganz klar, eine Elf!«

Kommentarlos dreht Laura die Nahaufname um hundertachtzig Grad. IX.

»Oh«, sage ich, während Laura neugierig zur nächsten Seite des Gutachtens blättert. Irgendetwas Informatives scheint aber doch drinzustehen. Unbewusst murmelt sie vor sich hin »Nachweisbar sind penetrierende Verletzungen an Thorax und Abdomen des Tieres (III.–VIX.), wobei sich stets drei Einstichwunden zu einem gedachten gleichschenkligen Dreieck mit einer Längsseite von 1,4 cm verbinden lassen …«

Gut, das wissen wir schon.

»… stets senkrechter Einstichkanal mit gleichbleibender Tiefe von 1,2–1,4 cm … dürfte der Gegenstand ein Kaliber von < 1,9 mm aufweisen …«

Ziemlich viele Zahlen sind das! Ich versuche den Textabschnitt zu finden, doch Laura blättert schon um. Dann nickt sie anerkennend: »Sogar ein toxikologisches Gutachten ist dabei!«

»Dann war meine Idee wohl doch nicht so schlecht«, werde ich überhört. Stattdessen murmelt Laura wieder vor sich hin: »… Verdacht auf Myokardinfarkt … bei generalisierter peripherer Vasodilatation der Gefäße des Tieres, wie sie bei einer akuten Alkoholintoxikation auftritt …«

»Bitte was?«

»… dieser Befund korreliert mit dem Tox-Screening, welches eine Blutalkoholkonzentration von 0,9 Promille ergab …«

»Alkohol?«, frage ich irritiert. Kann mich gar nicht daran erinnern, dass Goethe gestern mitgebechert hat.

»Besonders zusammen mit dieser Aussage hier vorne ist das natürlich bahnbrechend«, Laura blättert zwei Seiten zurück und liest dann mit routinierter Gerichtssaalstimme vor: »Bei den äußerlich erkennbaren Verletzungen handelt es sich um reine Weichteilverletzungen mit einer maximalen Eindringtiefe von 1,4 cm. Die Blutauflage ist primär Oberflächenblutung aus subkutanen venösen Gefäßen. Das Verletzungsmuster führte mit an Sicherheit grenzender Wahrscheinlichkeit nicht zum Tod des Tieres …«

»Aha«, sage ich, »und was bedeutet das?«

»Das bedeutet, dass Goethe garantiert nicht von einer Katze umgebracht wurde«, erklärt Laura und schluckt dann. »Aber jemand wollte, dass wir das glauben. Vermutlich der gleiche Jemand, der den Vogel mit einer Überdosis Alkohol vergiftet hat …«

Kapitel 12

Fetzen

Eine nasskalte Böe schneidet durch mein Gesicht und treibt mir Tränen in die Augen.

Mittlerweile glaube ich, es stimmt, was in all den blöden Katzenkalendern geschrieben steht: Die Katze sucht sich den Menschen aus, nicht umgekehrt. Was einem aber keiner sagt: Danach sucht der Mensch ständig die verdammte Katze.

Ich zumindest.

»Max, das ist doch lächerlich. Was soll denn der Blödsinn?«, höre ich Lauras Stimme über das Pfeifen des Windes hinweg.

Warum fangen eigentlich fast alle unsere Gespräche so an? Ich tue so, als hätte der Wind Lauras Stimme verschluckt, und fummele weiter mit halb erfrorenen Fingern an dem Tesafilm herum. Natürlich will der verfluchte Kleber auf dem Zaunpfahl nicht richtig halten und der Wind klatscht mir das durchnässte Papier ins Gesicht. Frustriert reiße ich den Zettel von meinen Nasenlöchern. Aus den Falten des Papierfetzens blickt mich ein niedlicher Kater mit einer einmaligen Haartolle an.

KATER VERSCHWUNDEN

Scheiße, Elvis, wo bist du nur? Hätte mir jemand vor einem Jahr gesagt, dass ich mal in meiner Freizeit die Laternenpfähle und Mülleimerumfriedungen unserer Siedlung mit »Kater-verschwunden«-Zetteln bekleben würde, hätte ich ihn für verrückt erklärt. So kann man sich irren. Aber hey, die Tränen in meinen Augenwinkeln sind wirklich nur dem kalten Wind geschuldet. Echt jetzt. Glaubt mir jetzt keiner. Ist aber so. Der Wind schneidet wirklich superdoll.

»Also, vorne mit der Washington-Allee und der Kennedy-Straße bin ich schon fertig. Ich habe aber noch Plakate übrig. Ein paar davon hänge ich jetzt hier auf und danach gehe ich vielleicht noch zum Marshall-Weg«, brülle ich gegen die Windböen und Lauras Kopfschütteln an. »Willst du mir nicht doch helfen?«

»Auf keinen Fall. Das ist doch lächerlich«, schallt die Antwort von unserem Balkon.

»Die Katze ist weg. Da müssen wir was machen!«

»Die Katze ist keine achtzehn Stunden weg.«

»Oh, und bevor nicht vierundzwanzig Stunden um sind, kann und will die Frau Staatsanwältin wohl nichts unternehmen, oder wie?«

»Dass ein Freigänger mal etwas länger weg ist, ist doch nichts Ungewöhnliches. Elvis war auch schon mal fast zwei Tage unterwegs …«

»Es sind Minusgrade. Ein Schneesturm tobt.«

»Elvis hat etwas, das sich Fell nennt«, entgegnet Laura. »Und vielleicht hat er sich irgendwo verkrochen und wartet nur darauf, dass es aufhört zu schneien.«

»Ja, oder er ist umgebracht worden«, beharre ich. »Oder jemand hat ihn entführt oder sowas … Vielleicht derselbe

Irre, der Goethe vergiftet hat. Oder die Hillers haben ihn sich geschnappt.«

Ich deute in Richtung des Balkons, auf dem noch immer ein Hunderttausend-Watt-Grablicht den leeren Vogelkäfig anstrahlt.

»Wenn er entführt wurde, melden sich die Geiselnehmer auch von selbst«, sagt Laura trocken. »Sollte er tot sein, ist es eher unwahrscheinlich, dass der Mörder auf deine Plakate reagiert.«

Ich habe ja nichts gegen ein bisschen Sachlichkeit bei kriminalistischen Ermittlungen, aber im Moment finde ich meine Hysterie völlig angebracht. Je vernunftbetonter der eine Katzenerziehungsberechtigte daherkommt, desto hysterischer und kopfloser darf sich der andere verhalten. Außerdem darf man persönlich werden: »Wie kannst du nur so kalt sein? Dagegen ist dieser Sturm ja eine warme Sommerbrise!«

»Ich versuche dir doch nur klarzumachen, dass es zumindest im Moment völlig übertrieben ist, Suchplakate aufzuhängen.«

»Nein, wenn es eine Straftat war, sind die ersten zweiundsiebzig Stunden entscheidend!«, beharre ich. »Das weiß man doch.«

»Jetzt kommst du wieder mit deinem kriminalistischen Halbwissen aus dem Fernsehen um die Ecke …«

»Es tut mir leid, dass mir dein Hintergrundwissen fehlt«, gifte ich zurück, »aber wenigstens unternehme ich etwas!«

»Purer Aktionismus.«

»Nenn es, wie du willst!«, sage ich und klatsche ein neues Plakat gegen den nassen Pfahl. Die Klebestreifen halten ungefähr so gut wie die kleine Zipfelmütze auf Elvis' Kopf, die

Laura an Weihnachten für ein nerdiges Katzenselfie besorgt hatte. Das kann doch nicht wahr sein. In *Der Marsianer* feiert *Mark Watney* bei jeder Gelegenheit die Eigenschaften von Klebestreifen: funktioniert selbst unter extremsten Bedingungen im Weltraum und sogar auf dem Mars. Nur hier bei uns im Garten – bei ein bisschen ganz normalem irdischen Eis und Schnee – versagt das Zeug völlig.

»Verdammte Scheiße mit der Scheiße hier!«, fluche ich, als sich das Klebeband kreischend immer weiter und weiter abrollt, anstatt an den dafür vorgesehenen Zacken durchtrennt zu werden. Mit zwei Armlängen Klebestreifen in den eingefrorenen Fingern halte ich inne. Ich fühle mich hundeelend. Mir ist bitterkalt, bis auf die Füße in meinen Sneakers – die spüre ich schon eine ganze Weile nicht mehr. Dazu laufen Nase und Augen um die Wette. Elvis ist nicht da und Laura versteht mich nicht. Außerdem habe ich immer noch ein bisschen Kopfschmerzen von dem verdammten Eierlikör. Selbstmitleidig betrachte ich das Elvis-Foto und realisiere zu spät, dass eine neue Böe an dem Suchzettel zerrt. Trotz der Nässe wird das Papier weggerissen und jagt über meine Schulter hinweg quer durch den Garten davon. Ich stürze hinterher und bekomme das Blatt im Windschatten des nächsten Hauses zu fassen. Die Tinte ist in unleserliche Kringel verlaufen, und glaubt man dem Foto, suche ich keine Katze, sondern eine besonders psychedelisch geformte Feuerqualle. Entnervt knülle ich das Kunstwerk endgültig zu einem nassen Klumpen zusammen. Erst jetzt bemerke ich, dass noch zwei andere Augenpaare auf den Zettel gerichtet waren. Ohne dass ich es direkt bemerkt hätte, endete meine kurze Jagd durch den Garten unterhalb des Küchenfensters der Hillers. Ebendiese starren mich durch die Scheibe an. Frau Hiller hält eine Kartoffelgabel mit einer halb geschälten Pellkartoffel in ihrer Linken, von der so viel Dampf aufsteigt, dass ich mir nicht ganz sicher bin, ob die hibbelige Nachbarin wie so oft auf und ab hüpft oder ob das nur die flirrende Luft ist. Bei der Deutung der Körpersprache ihres Ehemannes habe ich indes gar keine Zweifel: Mit einem gehässigen Lächeln blickt er auf mich herab.

»Ich schwöre dir, alter Mann, wenn ich herausfinde, dass du hinter alledem steckst, bist du sowas von fällig!«

Der Doktor legt grinsend seine Hand hinters Ohr und gibt mir so zu verstehen, dass er mich nicht hören kann. Dann bewegen sich seine Lippen ebenfalls. Auch ohne die Worte zu hören, kann ich mir schon denken, dass sie an Bösartigkeit kaum zu überbieten sind. Denn kurz darauf brechen er und der Mops in ein gemeines Lachen aus. Zwar ist auch das nicht zu hören, aber ich kann mir sehr gut vorstellen, wie es klingt. Denn Bösewichte lachen doch alle gleich dreckig: Es beginnt eher leise und steigert sich dann mehr und mehr. Je lauter das tonlose Lachen in meinem Kopf erschallt, desto eher bin ich geneigt, den Papierklumpen gegen die Fensterscheibe zu schleudern. Doch irgendwie sehe ich noch nicht, wie das zu irgendetwas Gutem führen könnte – außer:

Captain Max Zadow griff nach der Thermalgranate und schleuderte sie mit aller Wucht gegen das Energiefeld. Unter einem grellen Lichtblitz brach das Kraftfeld zusammen und schleuderte den finsteren Imperator Ferdin And zu Boden. Sofort erkannte L-Vis die Chance zu entkommen und sprang durch die Lücke im Sicherheitsnetz zu Captain Zadow …

Nur leider der falsche Film. Aus verschiedenen Gründen. Form- und kraftlos rutscht der Papierklumpen die Fensterscheibe herab. Auch springt nicht plötzlich Elvis hervor. Und das Einzige, was explodiert, ist der Nachbar auf der anderen Seite der Fensterscheibe. In Windeseile stürzt er auf seinen Balkon: »Was fällt Ihnen ein? Sie mieser kleiner Wicht! Sie … Ich werde …«

»Was werden Sie? Na, was?«, frage ich und winkle die Arme parallel zum Boden an. Ein schneller Blick auf die zugezogenen Vorhänge bei Schulz gibt mir Zuversicht, dass das jetzt nicht auch bei YouTube landet: Energisch wackle ich mit den Ellenbogen und hüpfe auf und ab. Dabei rufe ich: »Boork, borrrk, boorrrrk …«

»Was soll das sein? Ein Huhn?«, schallt es mit einem gekünstelten Lachen vom Balkon. »So klingt doch kein Huhn …«

Bitte nicht schon wieder diese Diskussion![14]

»Für Sie reicht es allemal, Sie feiges Huhn«, entgegne ich. »Kommen Sie doch her, wenn Sie sich trauen! Oder sind Sie auch so ein Leichtgewicht wie das andere tote Geflügel von Ihrem Balkon?«

»Sie hundsgemeiner Strauchdieb! Ihnen werde ich Respekt beibringen!« Blitzschnell greift der Doktor mit dem selbsterteilten Bildungsauftrag nach der gleichen Flasche, deren Inhalt vor wenigen Nächten über Elvis gekippt wurde. Zum Glück bin ich schneller und der nasse

---

14 Anmerkung Max Zadow: Weder im Deutschen noch im Englischen gibt es eine feste Buchstabenabfolge für das Gackern von Hühnern (damit ist die Sprachregelung für Hühnersprache ebenso einheitlich wie für die kölsche Rechtschreibung). Sehr beliebt sind sprachübergreifend noch »Gack, gack«, »Put, put, put« und »Buk, buk«.

Schwall schlägt nur ein längliches Loch in den weißen Schnee.

»Boork, borrrk, boorrrrk …«, rufe ich noch einmal aus sicherer Entfernung. Dann wende ich mich ab und stapfe zu den Mülltonnen zurück. Auf dem Weg dorthin rufe ich Laura aufgebracht zu: »Hast du das gesehen?«

Sie nickt, ohne mich anzusehen. Stattdessen fokussiert sie weiter den Balkon im Erdgeschoss gegenüber.

»Ich versuche jetzt noch einmal, da ein Plakat aufzuhängen. Dann komm' ich rein …«

»Nein!«, entgegnet Laura in scharfem Ton, »Hol lieber Jupp Boor!«

»Den Hausmeister?« Verwundert bleibe ich stehen.

»Ja, das dürfte auch ihn interessieren«, nickt Laura. »Ich weiß jetzt, wer Goethe umgebracht hat …«

Kapitel 13

Schnapsdrosselung

Die Tür schwingt auf und uns schlägt der muffige Geruch von altem Papier zusammen mit einem »Ach du liebe Güte!« entgegen. Frau Hiller blickt nervös zwischen Laura, Jupp und mir hin und her. Ihre Mundwinkel sinken noch tiefer herab als sonst.

»Hallo«, sagt Laura, »ist Ihr Mann auch da? Wir müssten mit Ihnen beiden sprechen.«

Eine gefühlte Ewigkeit mustert uns der Mops. Dann kläfft er in die Wohnung: »Ferdinand! Besuch!«

Doch so laut hätte Frau Hiller vermutlich gar nicht brüllen müssen, denn ihr Ehemann hat gleich hinter der Tür auf uns gewartet: »Da sieh mal einer an! Haben Sie sich noch ein bisschen Verstärkung mitgebracht, Herr Nachbar?«

»Ähm, dürfen wir vielleicht reinkommen?«, lenkt Laura die Aufmerksamkeit wieder auf sich.

»Dann zeigen Sie mal Ihren Durchsuchungsbefehl!«, erwiderte *Old Spellin'* dreckig, wohl wissend, dass weder die Staatsanwältin noch der Inspektor über ein solches Dokument verfügten.

»Hör mal zu, *Spellin'*! Wir können das auf die eine oder die andere Weise machen. Entweder wir bereden im kleinen Kreis, was es zu bereden gibt«, entgegnete die Staatsanwältin kühl, »oder die ganze Sache wird schneller öffentlich, als jemand *Big Jaw* sagen kann. Und das wäre sehr bedauerlich, wo doch vielleicht nicht jeder wissen sollte, wie der alte Schreihals wirklich gestorben ist, nicht wahr?«

So ein Treppenhaus kann auch verdammt hellhörig sein. Notgedrungen winken uns die Hillers in ihre Wohnung und der Mops führt uns hüpfend durch einen Irrgarten aus Bücherregalen und alten Zeitschriften. Stapel von alten Feuilletons finden sich ebenso wie zahllose Biographien und Werke von Kafka, Schiller und Droste-Hülshoff. An den wenigen Stellen, die nicht von deckenhohen Bücherregalen eingenommen werden, kommt eine orangene Siebzigerjahre-Tapete zum Vorschein. Ich komme mir vor, als würde ich durch die Kulisse einer Fernsehwerbung für ein beliebtes Kinderspiel irren: *Jetzt wieder da!* Das verrückte Labyrinth! *Mit brandneuen Regeln und liebevoll gestalteten Spielfiguren: Sei der hüpfende Mops und springe einmal pro Zug einfach über ein Hindernis hinweg. Oder sei der Hausmeister und räume mit deinem Bierbauch jeden störenden Zeitungshaufen auf die Seite. Oder aber sei der dampfplaudernde Versicherungskaufmann und hindere die anderen Mitspieler mit halbgaren Witzen an ihrem nächsten Zug …*

»Beeindruckend«, mache ich im Vorbeigehen einen halbgaren Witz, »bei Ihnen wurden also die ganzen Homestorys mit Günter Grass und Marcel Reich-Ranicki abgedreht.«

Der Mops wirft einen irritierten Blick über die Schulter und Jupp Boor erklärt nur: »Et Fänsinn han isch he noch nid jesenn.«

»Ach, egal«, sage ich, während wir an drei Ausgaben der *Encyclopaedia Britannica* von historischem Wert vorbeirauschen. Die Luft in der hillerschen Wohnung scheint mindestens so alt zu sein wie die Bücher, die hier lagern. Was an der Haustür nur eine unangenehme, aber erträgliche Wolke war, verdichtet sich im Inneren zu einer unsichtbaren Masse, die sich ungefähr so einfach einatmen lässt wie Tapetenkleister. Nichts gegen den Geruch von alten Büchern, aber wenn es sich anfühlt, als würde man anstelle von frischem Sauerstoff kleingehäckselte Papyrusseiten inhalieren, ist das doch ein bisschen viel des Guten. Zum Glück eröffnet sich hinter der nächsten Kurve der Blick in den Garten. Und auf einmal verstehe ich auch, warum die Hillers immer auf ihrem Balkon zu sehen sind: Die Papiersammelwut der beiden Buchstaben-Messies lässt ihnen gar keine andere Wahl, als das gesamte Leben auf die sechs Quadratmeter der eigenen Loggia zu verlagern. Nach der bedrückenden Enge des Bücherlabyrinths ist die Aussicht in den Garten ungemein befreiend, selbst wenn alles in eine bitterkalte Schicht aus Eis und Schnee getaucht ist. Wie ein Ertrinkender unter der Wasseroberfläche richtet sich mein Blick auf die andere Seite der Fensterfront. Zum ersten Mal sehe ich unser Haus aus der Hillerschen Perspektive. Wie anders der Garten aus diesem Winkel aussieht. Trotzdem erkenne ich sofort unsere Loggia, von deren Decke eine türkisfarbene Lampe von Mambo baumelt, die wir unbedingt haben mussten, um unserem Balkon einen ganz individuellen Touch von TausendundeinerNacht zu geben (zwei Balkone weiter und ein Stockwerk höher findet sich das gleiche Modell – doch immerhin in Rot). Außerdem sind der Wäscheständer mit meinen Eishockeysachen und die eingeschneite Katzentreppe unverkennbar. Die jungfräuliche Schneeschicht beweist, dass Elvis immer noch nicht heimgekehrt ist.

»Nun, Sie sagen, Sie wüssten, wer für den Tod unseres Graupapageis verantwortlich ist. Dann lassen Sie mal hören!«, quäkt Dr. Hiller anstelle weiterer Höflichkeiten. Er könnte uns ja erst einmal einen Platz anbieten. Andererseits: Wo auch? Überall stapeln sich Bücher und alte Zeitungen. Ich glaube, unter dem Haufen Bildbänden über neoklassizistische Baukunst verbirgt sich eine Ledercouch. Aber sicher bin ich mir nicht.

»Erst hätte ich noch ein paar Fragen«, entgegnet Laura und tritt näher an die Fensterfront, welche den Blick auf Garten und Balkon freigibt. »Ist der Vogelkäfig noch genauso, wie Sie ihn am Tag des Leichenfundes vorgefunden haben?«

Neugierig trete ich ebenfalls ans Fenster und setze eine investigative Miene auf: Gitterstäbe, Sitzstangen, Vogelsand, Heizstrahler. Sieht alles ganz normal aus. Mein Blick wandert wieder die Fassade unseres Hauses entlang. Die Ausrichtung der Rentnerwohnung lädt ja gerade dazu ein, die Nachbarn zu beobachten. Fast unheimlich, wie viel man von unserem Haus erkennt. Durch unser Küchenfenster kann man glatt einmal durch unsere gesamte Wohnung bis auf die andere Straßenseite gucken. Dagegen hatte Jim Carrey in der *Truman Show* echt viel Privatsphäre. In der Wohnung über unserer wahrt jemand weitaus mehr Diskretion: Bei Schulz sind die grauen Junggesellen-Gardinen noch immer zugezogen. Schläft der triebgesteuerte Vollzeit-Lover etwa immer noch? Mittlerweile ist doch bestimmt schon vier Uhr durch. Quäkend werde ich aus meinem Ausschlaf-Neid gerissen: »Ja. Was soll diese dumme Fragerei, Frau Nachbarin?«

»Und das Laken, das jetzt dort auf dem Tisch liegt, ist das gleiche, das früher den Käfig bedeckt hat?«, fragt Laura unbeirrt.

»Auch wenn es Sie nichts angeht, wie wir unsere Bettlaken verwenden: Nein, Frau Nachbarin, das ist nicht nur das gleiche. Es ist sogar dasselbe Bettlaken.«

»Natürlich. Vielen Dank für die Klarstellung«, überlächelt Laura die Belehrung des Sprachwissenschaftlers und wendet sich zu seiner Frau um. »Und wie war das nochmal an dem Morgen, als Sie Goethe gefunden haben?«

»Ja, genauso wie da jetzt.«

»Das Tuch lag aber doch sicher nicht so sauber gefaltet da?«

»Nein, natürlich nicht, das war zur Hälfte vom Käfig gerissen und hing da vorne so halb herunter«, erklärt die Nachbarin und deutet auf die rechte Käfigseite. »Das war ein furchtbarer Morgen, als ich den armen Goethe da habe liegen sehen …«

Der Inspektor glaubte, die Strategie der Staatsanwältin begriffen zu haben: Sie setzte alles daran, *Lady Pug* als das schwächste Element des Zirkels zu isolieren und weitere Informationen aus ihr herauszukitzeln. Dies bedurfte einer geschickten Befragungstaktik.

»Und wie sah das aus?«

»Na, schrecklich! All das Blut. Da im Sand ist ja auch jetzt noch ein bisschen. Ich wollte das schon wegmachen, aber Ferdinand, also mein Mann meinte, wir sollten das lieber mal lassen …«

»Als Mahnung«, quäkt Hiller unnötigerweise dazwischen. Höchste Zeit, dass ich Laura zur Hilfe springe. Zum Glück bin ich durch die Fortbildung mittlerweile bestens mit den klassischen Verhörtricks betraut:

> Unterbrechen Sie den Zeugen/die Zeugin mit Zwischenfragen! Springen Sie mit Ihren Fragen in der chronologischen Abfolge vor und zurück! Ist der Zeuge/die Zeugin in der Lage, die Geschichte rückwärts oder in wechselnder Reihenfolge zu erzählen? Wenn ja, ist dies ein Indiz dafür, dass er/sie die Wahrheit sagt.

Ich feuere eine Salve an Fragen ab, deren Taktfrequenz sogar Markus Lanz vor Neid erblassen lassen würde: »Wann haben Sie das Bettlaken eigentlich gekauft?«

»Ich … bitte? Ich glaube, das haben wir schon ganz lange …«

»Und der Vogelsand? Wann ist der das letzte Mal ausgetauscht worden?«

»Wir … Das macht Ferdinand immer. So vor zwei Wochen vielleicht …«

»Wenn ich Sie gerade richtig verstanden habe, war das Laken also früher als normales Bettlaken im Einsatz?!«

»Also, äh …«

»Das reicht jetzt!«, fährt Dr. Hiller auf einmal dazwischen. »Ich dachte, Sie wären hier, um uns zu erklären, wer unseren Vogel umgebracht hat. Doch stattdessen stellen Sie eigenwillige Fragen über unsere Bettwäsche, die Sie beim besten Willen nicht zu interessieren hat!«

Laura nickt wieder verständnisvoll und schiebt mich sanft beiseite: »Frau Hiller, jetzt muss ich aber doch nachfragen, auch auf die Gefahr hin, weiteren Zorn Ihres Ehemannes auf mich zu ziehen. Vor einer Woche sagten Sie uns, Sie hätten das Betttuch weggezogen und dann den toten Vogel entdeckt …«

»Das ist richtig«, bestätigt der Mops leicht hibbelnd.

Laura nickt wieder. »Darf ich?«, fragt sie und öffnet, ohne die Antwort abzuwarten, die Balkontür. Trotz der Minusgrade stellt die frische Winterluft eine willkommene Abwechslung zum modrigen Mief des Wohnzimmers dar. Von Laura angeführt treten wir auf den Balkon und schieben uns an dem Esstisch und dem kleinen Sideboard vorbei, auf dem immer noch Vogelfutter gelagert wird. Im Vorbeigehen tippe ich missmutig gegen die halbleere Glasflasche, die zweimal als Waffe gegen Elvis und mich eingesetzt wurde. Laura blickt kritisch auf mich und die Flasche mit dem schwappenden Inhalt. Schnell halte ich den Flaschenhals fest und gebe mit einem einsichtigen Nicken zu verstehen, dass ich nichts mehr anfassen werde. Laura wendet sich wieder an Frau Hiller: »Ich nehme an, Sie sind an besagtem Morgen genauso nach draußen gegangen wie wir jetzt?«

»Meine Frau wird wohl nicht durchs Fenster geklettert sein«, lacht Herr Hiller verächtlich. »Ihre Fragerei ist nicht nur penetrant, sondern auch äußerst dumm!«

Laura überhört auch diesen Kommentar und sieht Frau Hiller eindringlich an. Die nickt sehr energisch.

Ich nutze die frei werdende Stelle und trete ebenfalls ein bisschen näher an die Wärmelampe. Die Temperaturunterschiede auf den wenigen Quadratmetern sind wirklich erheblich. Während der Vogelkäfig am Ende des Balkons irgendwo in der Sahara angesiedelt sein dürfte, ist es in der

Mitte des Balkons schon deutlich kühler. Und hier vorne beim Esstisch und dem kleinen Regal mit dem Vogelfutter dürften es bereits arktische Breiten sein. Ich drängele mich bis nach Oberitalien vor, während Laura weiter nachhakt: »Aber dann ist das doch eigenartig«, bemerkt sie und läuft einmal um den Käfig herum, »Wenn das Tuch hier auf dieser Seite hing, dann hätten Sie doch von der anderen Seite aus den toten Vogel bereits vorher sehen müssen ...«

Der Mops wibbelt aufgeregt herum und blickt sich unsicher um: »Ich, äh ... Ich weiß nicht mehr so genau ... Ich war auch so aufgeregt ...«

»Was soll denn der Blödsinn? Sehen Sie nicht, wie Sie mit Ihrer Fragerei meine arme Frau ganz verunsichern? Für nichts und wieder nichts«, fährt Hiller wieder dazwischen. »Es ist doch völlig unerheblich, wann und wie sie den toten Vogel entdeckt hat ...«

»Gerade das ›Wie‹ ist in diesem Falle höchst aufschlussreich!«

»Entscheidender Fakt ist doch, dass unser Goethe in seinem Käfig erstochen wurde. Und wenige Nächte darauf konnten wir feststellen, wie Ihre Katze, Frau Nachbarin, sich Zugang zu unserem Balkon verschafft hat! Obwohl Sie immer behauptet haben, das sei nicht möglich. Gleich hier über das angelehnte Vogelhaus ist Ihr Mörder Kater eingebrochen. Nur aufgrund eines glücklichen Zufalls waren wir beide auch da und können den Einbruch bezeugen!«

Ein verdutztes »Äh« ist alles, was ich hervorbringe. Aber von der Krimkrise gibt es ja auch unterschiedlichste Versionen.

»Das führt mich zum nächsten Punkt«, versucht Laura das Gespräch wieder in die gewünschte Bahn zu lenken.

»Fraglich ist nämlich auch, wie eine Katze den Vogel erreichen soll, wenn sich dieser mittig im Käfig aufhält. Die Läufe einer Katze kommen nicht einmal ansatzweise an den Radius des Käfigs heran. Das sind doch sicher fünfzig Zentimeter, nicht wahr? Und selbst die klügste und geschickteste Katze wäre nicht in der Lage, das Schloss an der Käfigtür zu öffnen und anschließend wieder ordnungsgemäß zu verriegeln.«

»Aber Goethe war völlig durchlöchert«, ruft Frau Hiller aufgeregt und schiebt mich wibbelnd näher an den Käfig.

Auch der Doktor drängt wieder dazwischen: »Als sich die Katze hat blicken lassen, ist der Vogel sicher nicht ruhig in der Mitte des Käfigs sitzengeblieben. Und die Panik des hilflosen Tieres hat die Mörderkatze eiskalt ausgenutzt und im richtigen Moment zugeschlagen. Vermutlich ist es zu einem fürchterlichen Kampf auf Leben und Tod gekommen …«

»Ein Kampf?« Laura schüttelt den Kopf. »Das hätte doch ein riesiges Geschrei gegeben. Sie haben aber beide selbst gesagt, dass Sie in dieser Nacht nichts gehört haben. Sehr unwahrscheinlich, wo Sie doch am nächsten dran waren. Dabei hat man Goethes Gekrächze sonst sogar durchs geschlossene Fenster gehört …«

»Dat es wuhr«, sagt plötzlich eine Stimme hinter mir. Gott, den Hausmeister hatte ich ganz vergessen. »Dat es en janz rumorig Jong jewese, et Vuggel. Et hätt ooch emmer jebälkt, wann et wat jeluhrt hätt. Und dann ävver nid, wann da en Katz vur sing Hus ston deit? Janz sischer nid …«

»Schön, dass Sie sich die vox populi zur Unterstützung mitgebracht haben«, ätzt Hiller, »aber nach wie vor warten wir auf die große Auflösung von Ihrem Mummenschanz!

Vielleicht wollen Sie mich noch etwas zu meiner Bettwäsche fragen?«

Ja, so langsam könnten wir wirklich mal zur Sache kommen. Jetzt stehe ich nämlich echt zu nah an dem Heizstrahler. Auch Laura scheint es direkt an dem Käfig zu warm zu werden und sie eilt in die arktischen Gefilde zurück: »Das ist Goethes Futter hier, nicht wahr?«

»Bedienen Sie sich ruhig, Frau Nachbarin!«

»Nett, dass Sie uns endlich etwas anbieten«, bemerke ich. Tatsächlich greift Laura nach der Flasche. »Das Trinkwasser des Papageis?«

»Ja.«

»Uh, ganz schön kalt hier«, sagt Laura künstlich bibbernd und wendet sich dem Hausmeister zu, der ihr am nächsten steht. »Hier sind es schon unter null Grad, oder?«

»Do sähs do wat. Isch gläuv, ming kleen Fründ es ooch allt noh drenne jezoge.«

»Das muss man wohl als ›Ja‹ werten«, erklärt Laura und dreht die Flasche in ihrer Hand langsam um hundertachtzig Grad. Die Flüssigkeit folgt der Schwerkraft und schwingt in den Flaschenhals. Laura grinst zufrieden und dreht die Flasche erneut. Diesmal schneller: Das Wasser klatscht zurück zum Flaschenboden. Laura wiederholt den Vorgang. Nochmal. Und nochmal. Das ist ja ganz nett anzusehen, wie das Wasser da schwappt, aber …

Und plötzlich fällt es mir wie Schuppen von den Augen: Das ist gar kein Wasser! Das *kann* gar kein Wasser sein! Dann wäre es längst gefroren. Aber wenn die klare Flüssigkeit kein Wasser ist, dann …

Laura öffnet den Verschluss und schnuppert an der Öffnung. Kurz verzieht sie das Gesicht und reicht die Flasche an den Hausmeister weiter. Der schnuppert ebenfalls kurz und nippt dann sogar an der Flasche: »Dat es ne janz joode Korn, den m'r he han …«

»Korn?«, denke ich laut. »Korn! Natürlich, und ich dachte immer, Frau Hiller meint das Vogelfutter. Aber nein, das stimmt überhaupt nicht! Sie meinten das Getränk!«

Der Mops wippt panisch auf und ab.

»Deswegen hat Elvis' Fell auch so gestunken, als Sie ihn vollgespritzt haben!«, rekapituliere ich und gelange dann zu dem zweifelsfreien Ergebnis: »Sie haben Ihren eigenen Vogel getötet.«

»Das kann nicht sein!« Hiller schüttelt den Kopf. »Wir haben doch alle die Wunden gesehen.«

»Nachträglich zugefügt. Post mortem«, sagt Laura trocken, um dem Lateinischen von Herrn Hiller in nichts nachzustehen. Laura zieht das Gutachten von Dr. Unger aus der Tasche und hält es den Hillers unter die Nase.

»Was ist das? Wie kommen Sie zu einem solchen Dokument?«, fragt der Doktor entrüstet, als er die Fotos erblickt. Doch dann zieht ihn doch der Text des Obduktionsberichts in seinen Bann. Den Worten eines anderen Promovierten hat man Glauben zu schenken! Als er die Zeilen überflogen hat, hebt er den Kopf und fragt fast tonlos: »Ist das wahr?«

»Wenn ich mich nicht irre, finden wir die Tatwaffe in Ihrer Küche. Eine Kartoffelgabel mit dreieckigem Spieß. Jede Spitze dürfte eine Länge von etwa anderthalb Zentimetern besitzen …«

Mit schnellen Schritten stürzt Hiller zurück in die Wohnung. Er lässt uns nicht lange in dieser unangenehmen Situation allein und kehrt mit bleichem Gesicht zurück. In seiner erhobenen Rechten hält er die besagte Tatwaffe, die Frau Hiller heute Mittag noch beim Kartoffelschälen benutzt hat. Ungläubig starrt er auf die dreieckige Anordnung der Gabelzähne.

»Du warst das! Du hast unseren Goethe umgebracht!«

Frau Hiller fängt an zu wimmern und schlägt sich die Hände vors Gesicht. Ihr Mann wirkt nicht minder fassungslos: »Warum tust du so etwas?«

Mit einer Mischung aus Mitleid, Ekel und Faszination starre ich auf den Mops. Außerdem kommt mir ausgerechnet jetzt die Frage in den Sinn, ob sie die ganzen Goldringe überhaupt von ihren dicken Wurstfingern bekommt. Während ich darauf wohl keine Antwort erhalten werde, erfahren wir doch die in diesem Moment weitaus wichtigere Auskunft zur Frage nach dem Motiv: »Ich wollte das doch gar nicht«, schluchzt sie kaum verständlich und presst dann hinterher: »Es war ein Unfall.«

Als darauf nur noch Gewimmer kommt, hake ich nach: »Sie meinen, Sie haben sich im Supermarkt vergriffen und statt des stillen Wassers für fünfundzwanzig Cent den Schnaps für fünfundzwanzig Euro genommen?«

Okay, das war vielleicht nicht besonders nett, aber wir können ja jetzt auch nicht ewig auf diesem Balkon stehen. Die eine Hälfte friert, die andere schwitzt sich zu Tode. Allerdings erziele ich wohl kaum den gewünschten Effekt, denn Frau Hiller fängt jetzt erst richtig an zu weinen. Bitterlich. Eigentlich weinen nur kleine Kinder in Märchen, die sich im finsteren Wald verirrt haben, *bitterlich*. Doch selten passte ein Adjektiv so gut.

Nach einer gefühlten Ewigkeit, in der alle bewusst oder unbewusst versuchen, näher in oberitalienische Breitengrade zu rücken, bringt Frau Hiller schluchzend hervor: »Goethe war immer so laut. Die Leute haben schon immer geguckt und darüber gesprochen.«

Hiller schüttelt verständnislos den Kopf: »Goethe war doch nicht laut …«

»Doch, Ferdinand!«, faucht ihn seine Frau an. »Nur weil du das nicht wahrhaben wollest. Wie oft bin ich raus, um den Papagei zu beruhigen? Auch nachts. Ich habe mich immer so geschämt. Und der war ja nicht zur Ruhe zu bringen …«

Wieder verfällt sie in eine bitterliche Heulattacke.

»Und dann haben Sie irgendwann angefangen, ihn mit Alkohol ruhigzustellen«, fährt Laura fort, als der Mops wieder in ein etwas ruhigeres Wimmern gewechselt hat.

»Aber immer nur ein bisschen. Ich wollte ihn doch nur einschläfern …«

»Dabei haben Sie aber die Hitze der Wärmelampe unterschätzt. Bei diesen Temperaturen und der Häufigkeit selbst dieser geringen Dosen war es nur eine Frage der Zeit, bis das arme Tier an einem Herzinfarkt zugrundegeht.«

»Ich wollte das nicht …«, jault der Mops wieder auf.

»Aber Sie waren auch nicht bereit, die Sache auf sich beruhen zu lassen. Sie mussten unbedingt den Verdacht auf andere lenken!«

Frau Hiller beginnt wieder bitterlich zu weinen, während wir betreten danebenstehen.

Schließlich ist es Herr Hiller, der zu meiner großen Überraschung mit zerknirschter Stimme erklärt: »Wir schulden Ihnen dreien eine Entschuldigung.« Mit müden Augen, aber nicht ohne Stolz blickt er in die Runde. »Und dennoch bitte ich Sie jetzt, zu gehen. Ich denke, Sie haben die Genugtuung erfahren, nach der es Sie verlangte.«

Och, ein bisschen mehr Genugtuung ginge sicher noch. Umso überraschender kläfft Frau Hiller auf einmal bitterböse in Richtung ihres Mannes los: »Du dummer, selbstgefälliger Laberhansel! Du egoistischer Sack! Mach es dir nur nicht so einfach! Du bist doch an alldem schuld mit deiner ewigen Geltungssucht! Du kotzt mich so an mit deiner ewigen Rechthaberei und deinem dummen, affektierten Auftreten. Hältst dich immer noch für den Nabel der Welt! Nur deinetwegen haben wir diesen verfluchten Papagei erst besorgt. Und wozu? Damit du recht behalten konntest. Alles habe ich immer mitgemacht, damit du recht behalten konntest, und so dankst du es mir? Ich hasse dich, ich hasse dich, du blasierte Luftpumpe …«

Ja, jetzt ist es genug der Genugtuung. Möglichst diskret verschwinden wir, während sich beim Mops fünfzig Jahre Ehefrust Bahn brechen. Zeternd steht sie immer noch auf dem Balkon und macht dem verstorbenen Papagei alle Ehre. Während Herr Hiller uns schnellen Schrittes durch das Labyrinth seiner Wohnung geleitet, brüllt sie ihm nach: »Ich will die Scheidung!«

»Die sollst du haben!«, schreit der Doktor zurück, und der Hausmeister gibt seinen kölschen Segen für diese spontane Entwicklung: »Et bliev nix wie et wor.«

Als wir die Haustür erreichen, erklärt der sichtlich gealterte Doktor: »Noch einmal, ich bitte um Verzeihung.«

Die Katzenbesitzer-Fraktion nickt und wendet sich zum Gehen. Ich halte noch einmal inne, bevor sich die Tür schließt.

»Da ist noch etwas.« Ich sehe den alten Mann durchdringend an. »Sagen Sie mir ehrlich, dass Sie nichts mit dem Verschwinden unseres Katers zu tun haben!«

»Bei meiner Ehre, ich schwöre Ihnen, dass ich absolut nichts damit zu tun habe und nicht weiß, wo sich Ihre Katze befindet.«

Kapitel 14

Alpha-Männer-WG

Mit dem Handfeger schiebe ich eine ganze Lkw-Ladung Schnee von der Windschutzscheibe. In der Nacht hat es weiter heftigst geschneit. Ich bin sogar mehrmals aufgestanden und habe die Katzentreppe freigeklopft. Doch von Elvis fehlt weiter jede Spur. Bockmist! Hätte ich doch darauf beharrt, dass er die Catcam anbehält, dann hätte ich wenigstens einen Anhaltspunkt, wo wir nach der Katze suchen müssen. Leider zeigen die Videodateien fast nur unsere Wohnung und die Kaffeeklatsch-Runde mit den Poßlers vom vergangenen Samstag. Immerhin hat mich das Video auf eine Idee gebracht: »Weißt du, was ich mir überlegt habe?«, sage ich zu Laura, die am anderen Ende des Autos die Heckscheibe freikratzt. »Vielleicht haben die Poßlers Elvis entführt.«

»Die Poßlers?«

»Ja, guck mal. Das sind die Letzten, die Elvis auf freiem Fuß gesehen haben. Außerdem hätten sie die perfekte Möglichkeit, den Kater zu packen und schnell ins Auto zu verfrachten. Das allein ist doch ein starkes Indiz, oder?«

»Ich kann mir nicht vorstellen, dass Jürgen Poßler Elvis auch nur mit der Kneifzange anfassen würde. Und Rita war doch später mindestens so betrunken wie wir.«

»Mehr noch. Die war sternhagelvoll!«, stimme ich zu. »Aber ich wette, ihren patentierten Würgegriff würde die auch noch hinkriegen, wenn die im Koma läge …« Ich nehme einen großen Haufen Schnee von der Motorhaube, zerdrücke ihn zwischen meinen Unterarmen und imitiere Ritas Stimme: »Komm zur Omama! Lass dich zerquetschen, gell …«

Laura grinst skeptisch.

»Und ist es nicht eigenartig, wie sehr Frau Poßler daran gelegen war, dass Elvis die Catcam auszieht?«

»Naja, die hatte halt die gleichen Bedenken wie ich …«

»Oder es steckte mehr dahinter …«

»Aber welches Motiv sollten die haben?«

Auf diese Steilvorlage habe ich nur gewartet: »Hunderte. Du kannst dir eins aussuchen: Erstens ist Frau Poßler völlig vernarrt in Katzen im Allgemeinen und in Elvis im Speziellen. Das ist noch viel krasser geworden, als wir ihr diese Schildpatt-Story erzählt haben. Ich wette, da hat sie sich in den Hintern gebissen, dass sie so ein – O-Ton – ›Goldstück‹ einfach verschenkt hat. Und genau da ist auch Jürgen ganz schön hellhörig geworden! Immerhin ist der Mann professioneller Tierzüchter. Noch dazu einer, bei dem es offenbar schlecht läuft. Sonst müsste der ja nicht diesen widerlichen Eierlikör produzieren.«

Ich öffne die Fahrertür und schwinge mich hinters Lenkrad.

»Elvis ist kastriert und männliche Schildpatt sind in der Regel nicht fruchtbar«, erinnert mich Laura, als sie von der anderen Seite ins Wageninnere steigt. »Mit Züchten ist da nicht mehr viel …«

»Das ist ja auch nur eins von vielen Motiven«, entgegne

ich. »Vielleicht hofft Jürgen auch, die Katze einfach teuer verkaufen zu können.«

»Bei eBay oder was?«

»Genau, weil es im Internet ja überhaupt keine Spezialportale für alles und jeden gibt …«, pampe ich ebenso zynisch zurück und starte den Motor. »Wohin? Büro oder Gericht?«

»Büro.«

»Kannst du dir nicht morgen Vormittag etwas Zeit freischaufeln, und falls Elvis dann immer noch nicht da ist, fahren wir mal bei den Poßlers vorbei? So auf Verdacht und ohne Ankündigung …«

»Wie stellst du dir das vor?«

Ziemlich lässig. Wir stürmen die Mastanlage und befreien Elvis zusammen mit zehntausenden Puten.

»Naja, vielleicht so à la guter Cop, böser Cop«, sage ich beiläufig, während ich vorsichtig ausparke.

»Max, ich mache mir auch Sorgen um den kleinen Putzelmann. Aber ich habe richtige Kriminalfälle zu lösen. Aus Jux und Dollerei vier Stunden durch die Lande zu tingeln, um auf Verdacht Elvis' ehemalige Besitzer zu *verhören*, ist einfach nicht drin bei mir.«

Unnötigerweise setzt sie ›verhören‹ mit den Fingern noch in Anführungszeichen. Ich trete auf die Bremse und das Auto kommt noch in der Parkbucht wieder zum Stehen. »Elvis ist jetzt zwei Nächte nicht zu Hause gewesen. Kevin ist noch länger weg. Ich mache mir Sorgen, verdammt noch mal!«

»Und ich mir nicht, oder was?«

»Davon merke ich jedenfalls nichts«, sage ich und fahre wieder an.

»Wenn du magst, rufen wir heute Abend gemeinsam bei den Poßlers an. Mal zu fragen, ob denen Samstagabend noch etwas aufgefallen ist, kann sicher nicht schaden.«

»Dankeschön für diesen Minimalkonsens«, presse ich hervor und werfe Laura ein bewusst künstliches Lächeln zu.

»Pass auf!«, schreit sie und instinktiv trete ich in die Eisen. Der Wagen schlittert noch einige Meter über die ungeräumte Straße und kommt knapp vor einer fast gänzlich vermummten Gestalt zum Stehen. Nachdem ich den ersten Schrecken verwunden habe, betrachte ich den Mann näher, der da so gedankenverloren auf die Fahrbahn getreten ist: Selbst für diese Temperaturen ist das ein bisschen viel des Guten. In jeder Hand hält er eine schwere Plastiktüte vom Drogeriemarkt am anderen Ende der Siedlung. Immer noch reglos steht die Person da und starrt entsetzt zwischen der eigenwilligen Turban-Mundschutz-Kombo hervor. Ich lasse das Seitenfenster herunter und lehne mich aus dem Auto: »Hey, du Blindschleiche! Da hast du aber Schwein gehabt!«

Die Gestalt nickt nur. Dabei rutscht ihr ein Teil des Schals vom Kopf.

»Das ist ja Schulz«, ruft Laura und lässt ebenfalls ihr Fenster herab: »Hallo, Christopher! Schläfst wohl noch?!«

»Ach, hallo, habe euch gar nicht erkannt.«

»Bist aber schon früh auf den Beinen.«

»Ja, muss noch ein bisschen einkaufen vor der Arbeit, ne?«, sagt er und setzt sich wieder in Bewegung.

»Du hast auf dem Weg auch nicht zufällig Elvis gesehen?«, rufe ich ihm nach, obwohl ich mir die Antwort natürlich denken kann.

»Nee, sorry, Max«, ruft Schulz kurz angebunden über

seine Schulter hinweg. Die Einkaufstüten geraten durch die Drehung in Schwung und mehrere matte »Klonks« sind zu hören. Erst jetzt bemerke ich, dass sich unter dem gespannten Plastik ein Berg von Konserven abzeichnet. Auch Laura blickt neugierig auf den Einkauf: »Sollen wir dir mit den Tüten helfen? Komm, wir fahren ihn schnell vor die Haustür, Max!«

»Ach Quatsch. Ich bin doch nicht wie Max. Ich schaffe doch locker zwei Einkaufstüten, ne?«, macht Schulz einen lahmen Witz und hebt mehrfach die beiden Tüten in die Höhe, als würde er Hanteln stemmen. Wieder klirren mehrere Konserven in den Drogeriemarkttüten. Außerdem rutscht der Schal auf seine Brust herab.

»Huch, du bist ja verletzt!«, ruft Laura und deutet auf vier parallel verlaufende Schrammen, die unter seinem linken Auge sichtbar werden.

»Ach, das …«, sagt Schulz und fasst sich mit der behandschuhten Linken an die Wange.

»Das ist vermutlich noch vom Eishockey«, sagt er dann achselzuckend und Laura fragt sofort vermeintlich überrascht: »Haben wir uns danach nicht noch gesehen? Ich meine, am Freitag war das aber noch nicht.«

»Hat sich vermutlich jetzt erst entzündet …«

»Hattest du keinen Helm auf?«

»Ist halt ein verdammt brutaler Sport. Manchmal merkt man gar nicht, wo und wie man sich verletzt, ne?«

»Habe ich auch gar nicht mitbekommen, dass dir was passiert ist«, stelle ich fest.

»Ja, stimmt eigentlich. Du warst ja die ganze Zeit dabei …«, stammelt Schulz. »Dann ist es wohl doch von meinem One-Night-Stand. Ging heiß her bei uns …«

»Das hat man gehört. An beiden Tagen«, bestätigt Laura. »War vielleicht sogar ein Two-Nights-Stand, oder?«

»Jaja«, nickt Schulz sichtlich panisch. »Ich muss jetzt echt rein. Die Arbeit wartet …«

Mit klirrenden Tüten eilt er davon.

Laura und ich werfen uns vielsagende Blicke zu.

»Guter Cop, böser Cop?«, frage ich, während ich den Wagen zurücksetze.

»Nein«, entgegnet Laura und springt aus dem Auto, »böser Cop, böser Cop!«

Grinsend folge ich ihr die Treppe hinauf zu Schulz' Wohnung und hämmere gegen die Tür des Tatverdächtigen.

»Wer ist da?«, klingt es dumpf durch die Tür.

»Die Staatsanwaltschaft in Begleitung eines fiesen Schlägertyps mit jahrelanger Eisprügelerfahrung«, dröhne ich mit möglichst tiefer Stimme. Schulz öffnet die Tür und streckt uns entschuldigend zwei Topfhandschuhe entgegen: »Tut mir leid, Leute. Ist ganz schlecht im Moment. Wie ihr seht, koche ich gerade, ne?«

»Komisch, ich dachte, du müsstest zur Arbeit. Egal, wir wollen auch gar nicht lange stören«, erklärt Laura und zupft in einer schnellen Bewegung die beiden Stofflappen von seinen Händen. Für einen Augenblick starren wir auf Schulz' völlig zerkratzte Hände und Arme. Dagegen sehen die Unterarme eines vierzehnjährigen Emo-Mädchens nahezu kerngesund aus.

»Ach du Scheiße!«, entfährt es mir, und Schulz reißt schnell die Hände hinter den Rücken.

»Lass mich raten«, sagt Laura kalt. »Auch von deinem One-Night-Stand am Samstag?«

»Äh, ja.«

»Was kochst du denn eigentlich Schönes?« Laura schiebt den wehrlosen Schulz in seine Wohnung. Ich folge den beiden bis in die Küche.

»Ist noch nicht fertig …«

»Ach, wie schade«, sagt Laura aufgesetzt, während sie sich die völlig unbenutzte Kochzeile des Junggesellen anschaut. Diese gesamte sündhaft teure Edelstahlausstattung war vermutlich noch nie im Einsatz. Höchstens mal, um einen Pizzakarton darauf abzustellen.

»Ich fang' ja gerade erst an.« Schulz öffnet wahllos eine Schranktür und nimmt einen Messbecher hervor. »So …«

»Bitte, Schulz, erspar uns das doch«, winke ich ab und mache zwei große Schritte auf den Esstisch zu. Ich greife nach der tief hängenden Deckenleuchte und drehe den Lichtschein direkt in Schulz' Gesicht: »Sag uns sofort, wo Elvis ist!!!«

»Aua, Max, was soll der Blödsinn?«, jault Schulz. »Das blendet voll!«

»Wo Elvis ist, habe ich dich gefragt!«

»Wieso Elvis?«, schluchzt der Nachbar.

»Na, das liegt doch auf der Hand!«, sagt Laura und deutet auf seine zerkratzten Arme. »Du wolltest dir Elvis ausleihen, um dir deinen letzten One-Night-Stand mit der Katzenhaarallergie möglichst schnell wieder vom Hals zu schaffen und bei der Gelegenheit gleich die nächste ›Dame‹ mit Elvis' Charme um den Finger wickeln …«

»Nein, äh … ja«, stammelt Schulz.

»Aber wir haben Elvis nicht rausgerückt.«

»Das war aber erstmal gar nicht so schlimm. Irgendwie bist du dein Freitag-Abend-Date dann doch wieder losgeworden«, stelle ich fest.

»Vermutlich haben die paar Haare, die ich dir aus der Couch gekratzt habe, sogar gereicht.«

»Ich glaube, ich habe deine Katharina abends sogar noch getroffen. Die sah ziemlich fertig aus …«

»Nein, so war das nicht!«, unterbricht mich Schulz.

»Aber bloß ein bisschen Fell hätte dir beim zweiten Date nichts genutzt. Da brauchtest du das volle Programm samtpfotiger Niedlichkeit!«

»Also bist du abends nochmal los und hast dir Elvis gekrallt, als der zusammen mit den Poßlers raus ist. Das hast du ganz sicher mitbekommen, weil – betrunken wie wir waren – es im Hausflur bestimmt auch nicht ganz leise zuging«, ergänzt Laura. »Und zuerst ging auch alles glatt. Du hast Elvis mitgenommen, vielleicht musstest du ein wenig Gewalt anwenden …«

»Das stimmt nicht. So war es nicht.«

»… vielleicht ließ er sich aber auch locken«, sagt Laura und greift nach einer Dose aus der Einkaufstüte. Das Konterfei einer Hochglanzkatze, die sich wegen *Hühnchen in Eiergelee* genüsslich den Mund schleckt, kommt zum Vorschein.

»Nein«, wimmert Schulz.

»Bis hierhin hat dein Plan super funktioniert«, fahre ich fort, »aber du hast die Rechnung ohne Elvis gemacht …«

»So war es nicht …«

»Der Kater hat angefangen, Terror zu machen, und war gar nicht die liebevolle Katze, die du für deinen fiesen Plan brauchtest. Verängstigt und orientierungslos hat der Kater zu randalieren begonnen. Elvis kann sehr anstrengend sein, wenn er keine Lust hat«, betont Laura, »oder wenn er Angst hat.«

»Oder wenn er richtig wütend wird«, ergänze ich.

»Vermutlich hockt die arme Katze seitdem in deiner Wohnung und ist völlig verunsichert!«

»Das erklärt auch, warum der Lärm letzte Nacht so anders klang. Ich dachte, es läge daran, dass ich betrunken war, aber tatsächlich fehlte der Schlafzimmerzerstörung der sonst übliche Rhythmus.«

»Und aus irgendeinem Grund – sei es aus Dummheit, sei es aus Unfähigkeit – bist du daran gescheitert, die Katze wieder loszuwerden.«

Ich nehme alles zurück, was ich über die richtige Verwendung des Wortes »bitterlich« behauptet habe. Schulz heult bitterlicher als alle Gretels und Dornröschens dieser Welt zusammen.

»Aber weil du offensichtlich nur ein leicht überdurchschnittliches Arschloch bist, und kein extragroßes Riesenvollarschloch, Schulz«, bemerkt Laura seine Tränen und kippt dann die Plastiktüte über dem Marmorboden aus, »hast du irgendwann aufgegeben, die Katze zu terrorisieren und ihr sogar etwas zu fressen gekauft.«

Ein Berg von Katzenfutterdosen haut die ein oder andere Katsche in den sündhaft teuren Küchenboden. Dagegen sind Schlittschuhkufen die reinste Steinbodenpflege.

»Nein, so war es nicht«, schluchzt Schulz. Hey, das wäre auch ein super Zungenbrecher: Schulz schluchzt schaurigschön.

»Das heißt, wenn ich mir jetzt die restlichen Räumlichkeiten deiner Wohnung angucke, dann finde ich da nicht irgendwo einen völlig verunsicherten Elvis?«

»Bitte!«, jammert Schulz.

»Bitte was?«, frage ich kühl.

Bitte helft mir, das Vieh wieder loszuwerden. Bitte!«, fleht der Nachbar. »Das Biest ist der reinste Albtraum! Ihr habt ja keine Ahnung, was ich durchgemacht habe!«

»Doch, eine ziemlich gute sogar«, widerspreche ich.

»Nein, ihr versteht das nicht. Die letzten Nächte habe ich schlaflos auf der Couch verbracht, weil dieses Monster mein Bett belagert hält.«

»Japp, das klingt nach Elvis«, sage ich erleichtert. »Schlaflose Nächte sind seine Spezialität. Im Schlafzimmer, hast du gesagt?«

»Nein, pass auf!«, fleht Schulz. »Nicht einfach die Tür öffnen! Der ist saugefährlich.«

Doch Laura ist schon auf dem Weg in den Flur. Sie wirft Schulz einen verächtlichen Blick zu: »Am Ende weinen sie immer wie kleine Schuljungen.«

»Wehe, dem Kater wurde auch nur ein Schnurrbarthaar gekrümmt!«, drohe ich und folge Laura in das Schlafzimmer. »Ach du Scheiße!«

»Das kann man wohl sagen«, bestätigt sie und mustert, was vom Mobiliar noch übrig ist. »Ich habe schon Junkie-Wohnungen gesehen, die in einem besseren Zustand waren.«

An nahezu allen Wänden ist die ehemals mattsilberne Tapete zerkratzt, die grauen Gardinen sind herabgerissen und aus dem Kleiderschrank ergießt sich ein Schwall nicht (mehr) gebügelter Hemden. Kein einziger Anzug hängt noch ordnungsgemäß am Haken. Die Sockenschublade ist offensichtlich zum Katzenklo umfunktioniert worden. Der strenge Geruch provoziert sofort einen wohlbekannten Brechreiz in meinem zartbesaiteten Magen. Doch dann erblicke ich etwas noch viel Schockierenderes, das sogar mich den Gestank sofort vergessen lässt. Ungläubig deute ich auf das, was mal Schulz' Bett gewesen ist: Auf den Überresten der roten Satinbettwäsche mit chinesischen Schriftzeichen hockt ein grauhaariger Vierbeiner und funkelt uns herausfordernd an.

»Kevin!«, ruft Laura überrascht aus.

»Gib mir zehn Minuten mit ihm allein!«, knurrte *Zadow*. So eine Chance bekam er vielleicht nie wieder.

»Nix da, Max!« Laura schiebt mich zurück in den Flur und schließt die Tür. »Schulz, du sitzt noch tiefer in der Scheiße, als ich dachte.«

»Dafür bringt Boor dich um«, röchle ich entgeistert und schnappe nach der halbwegs erträglichen Luft im Flur. Die Warnung vor der Wut des Hausmeisters wirkt dadurch noch viel furchteinflößender als eigentlich beabsichtigt.

»Ich weiß, ich weiß … Ich bin im Arsch«, panisch kommt Schulz aus der Küche geeilt. »Bitte! Ihr müsst mir helfen! Als ihr mir Elvis nicht leihen wolltet, habe ich mir kurzerhand die erstbeste Katze aus dem Garten geangelt. Anfangs ging tatsächlich alles gut. Der Kater war völlig entspannt, hat sich ohne Gegenwehr hochnehmen und sich ganz locker in meine Bude tragen lassen. Und solange der Futter in der Küche hatte, war auch alles gut. Erst, als ich den dann rausgelassen habe, damit der seine paar Haare verteilen kann, ist dieses Monster völlig ausgerastet. Das war die totale Katastrophe! Ich habe so etwas noch nicht erlebt …«

Schulz deutet auf seine geschundenen Arme.

»Warum hast du denn niemanden um Hilfe gebeten?«

»Wen denn? Die Feuerwehr? Die Polizei? Die hätten mich doch nicht ernst genommen. Das Tierheim? Da stehe ich auf der roten Liste seit ... Ihr wisst schon. Den Hausmeister? Das wäre ja noch schöner gewesen! Euch? Laura hätte mir was erzählt ...«

»Das kannst du aber laut sagen!«

»Bitte, bitte helft mir! Ich verspreche, ich mache so etwas nie wieder. Und ich tue alles, was ihr sagt. Nur bitte nehmt dieses Monster aus meiner Wohnung.«

»Also gut, Schulz«, seufzt Laura und stemmt die Hände in die Hüften, »ich kümmere mich darum.«

»Danke, danke, du weißt gar nicht, was mir das bedeu...«

»Jaja, geh einfach in die Küche und sorg dafür, dass die Katze da nicht reinkommt!«, fällt Laura ihm ins Wort.

»Alles klar.« Gehorsam wie nie zuvor eilt Schulz in die Küche zurück.

»Brauchst du Hilfe?«, frage ich, obwohl ich die Antwort schon kenne.

»Dabei, eine Katze nach draußen zu jagen?«, Laura tippt sich nur an die Stirn. »Gesell dich einfach zu dem Idioten und pass auf, dass er mir nicht in die Quere kommt!«

Ich folge Schulz in die Küche, der gerade damit beschäftigt ist, den Küchentisch auf die Seite zu kippen.

»Hilf mir mal! Damit verbarrikadieren wir den Türeingang.«

Nachdem wir das Designerstück vor den Durchgang gewuchtet und dem Boden noch ein paar Katschen hinzugefügt haben, erlaube ich mir zu fragen: »Warum hast du nicht einfach die Tür zugemacht?«

Schulz zuckt traurig mit den Achseln. Offensichtlich

hatte er nicht viel Schlaf die letzte Nacht und ist alles andere als zurechnungsfähig. Schließlich hat er auch Katzenfutter für einen ganzen Monat gekauft. Der Junge ist völlig durch. Immerhin kommen wir dank des umgekippten Tisches in den Genuss, Laura dabei zuzusehen, wie sie Kevin schon beim ersten Versuch aus dem Schlafzimmer in den Flur und schließlich ins Treppenhaus scheucht: »Rakasch! Rakasch!«

»Hey«, rufe ich ihr über die Balustrade der Katzenrennbahn hinterher, »das ist patentiert.«

Doch mein Einwand wird ignoriert und die Urheberrechtsverletzung hallt noch mehrmals durchs Treppenhaus zu uns.

»Warum hast du das eigentlich nicht einfach gemacht?«, wende ich mich an Schulz. »Ich meine, die Katze einfach rauszujagen.«

»Der wollte nicht.«

»Wie? Der wollte nicht?«

»Der wollte nicht«, jammert Schulz. »Ich habe doch alles versucht! Schau dir doch nur meine Arme an!«

»Warum hast du keinen Stock genommen? Oder einen Besen? Oder deine Küchenhandschuhe? Oder …«

Dank Elvis' beharrlicher Weigerung, in seinen Katzenkorb zu steigen, kenne ich mittlerweile eine ganze Menge Kniffe und Tricks, um eines fauchenden krallenbewehrten Monsters Herr zu werden, das sich in oder unter dem eigenen Bett versteckt. Zwar habe ich noch lange nicht die Perfektion einer Rita Poßler erreicht, aber ich bin eben auch kein blutiger Anfänger mehr. Schulz hingegen fehlt jegliche Erfahrung mit fauchenden und kratzenden Fellbällen. Der Einzug von Kevin in Schulz' Wohnung ist also ein bisschen wie der erstmalige Einfall von Wilderern auf Mauritius, welche die dort heimische, aber völlig wehrlose Dronte ausrotteten … Ja okay, ich gebe es zu: Dieser Vergleich ist ein wenig umständlich. Und natürlich kommt er noch nicht einmal von mir. Ich habe ihn von einem nicht näher zu bezeichnenden vogelverrückten Nachbarn geklaut[15], deshalb vielleicht ein anderes Beispiel: Kevin in Schulz' Wohnung ist wie Pocken für das Inka-Reich, die *Borg* für das *El-Aurian*-System, Angela Merkel für die Parteiidentität der CDU, das *Alien* für die *Nostromo* …

Unten fällt die Haustür wieder ins Schloss.

»Jedenfalls bist du Kevin jetzt los.«

»Dafür habe ich jetzt Laura an der Backe«, bemerkt Schulz nicht minder unglücklich und lauscht dann besorgt den näherkommenden Schritten auf der Treppe.

»Sollen wir noch die Stühle auf die Barrikade packen? Vielleicht hält sie das auf …«

»Ja!« Schulz springt sofort zu einem Küchenstuhl und greift danach. Doch der Einsatz kommt zu spät. Laura ist bereits zurück und schiebt die hüfthohe Barrikade zur Seite.

»Alles gut«, erklärt sie bedrohlich ruhig, »Kevin ist raus und vermutlich auf dem Nachhauseweg.«

»D … danke«, druckst Schulz und macht ein möglichst schuldbewusstes Gesicht. Mit hängenden Schultern erwar-

---

15 Anmerkung Dr. F. Hiller: In der Tat! Und dann auch noch falsch. Richtig ist, dass die auf Mauritius und Réunion ankommenden westlichen Seefahrer ganz erheblich unter den ahnungslosen Dronten (lat. Raphus cucullatus) wüteten. Letztlich verantwortlich dürften aber die auf den Segelschiffen mitgeführten Tiere (Schweine, Ratten etc.) gewesen sein, welche die Nester der wehrlosen Bodenbrüter zerstörten.

tet er jetzt von Laura einen – selbst aus seiner Sicht – hochverdienten Anschiss. Insgeheim tippe ich auf einen Wutausbruch, der inhaltlich irgendwo zwischen der aktuellen Fassung des §1 Tierschutzgesetz (»Der arme Kater!«) und der frühen Alice Schwarzer (»Du dummes Macho-Arschloch!«) liegen dürfte. Doch ich irre mich. Die Eruption bleibt aus.

Stattdessen wirft Laura einen prüfenden Blick durch die Wohnung und stellt dann süffisant fest: »Hier sieht es wirklich schlimm aus. Besser du räumst mal auf, Schulz. Sonst halten hier noch Ratten und Mäuse Einzug. Nicht auszudenken, wo du doch jetzt wieder ohne Katze im Haus bist.«

Schulz macht den Mund auf, bringt aber keinen Ton hervor. Dabei wackelt sein Kopf unkoordiniert umher. Offenbar weiß er nicht einmal, ob er Nicken oder den Kopf schütteln soll.

»Keine Sorge, Max und ich stehen auch nicht länger im Weg herum«, schiebt Laura noch nach und macht schon Anstalten zu gehen. Ich klopfe Schulz tröstend auf die Schulter und folge meiner Freundin in den Hausflur.

»Das Futter ist übrigens konfisziert«, ruft die erfolgreiche Staatsanwältin für Katzenrechte noch in die Wohnung, bevor die Haustür ins Schloss fällt.

Kapitel 15

Schildpattsituation

Für diese Höllengeräusche gibt es keine Lautsprache, weder im Deutschen noch im Englischen noch in irgendeiner anderen Sprache dieser Welt. Sollte es doch jemandem mal gelingen, dies phonetisch zutreffend in Schriftform darzustellen, hat diese Person den Pulitzerpreis, den Nobelpreis für Literatur und eigentlich auch den für Physik verdient. Ich bin davon jedenfalls Lichtjahre entfernt und kann mich der Geräuschkulisse nur mit einigen plumpen Vergleichen annähern. Zugleich bin ich mir aber absolut sicher, dass jeder Katzenhalter sofort weiß, von welchem akustischen Terror die Rede ist: Es ist ein gespenstischer Gesang, ein Jammern und Klagen, als habe man die Tore zu allen sieben Höllen aufgeschlagen. Eine Mischung aus dem Gurgeln beim *Waterboarding*, weinenden Kindern und den Klingel-Sounds aus »Die drei ??? und der seltsame Wecker«, die ich mir aus gutem Grunde nachts nie angehört habe. Es sind »Gesänge«, die einen glauben lassen, Gottes Posaunen bliesen zum Tage des Jüngsten Gerichts. Dabei sind es nur …

»Hörst du das auch? Da belauern sich doch zwei Katzen.«

Natürlich höre ich das auch. Wie angewurzelt stehe ich vor der verschlossenen Autotür, den Autoschlüssel in der Hand, unfähig mich zu rühren. Sämtliche Nackenhaare stehen mir zu Berge und zum ersten Mal seit diesem Winter habe ich eine Gänsehaut, die nicht der Kälte geschuldet ist. Kein Wunder, dass man im Mittelalter dachte, die Viecher stünden mit dem Teufel im Bunde. Obwohl, was heißt hier »im Mittelalter«? Wenn ich das hier höre, bin ich sofort geneigt, das zu glauben! Teufelsbiester! Und außerdem wohnt ohne Frage ein Dämon in der Schwanzspitze einer jeden Katze. So unkontrolliert wie dieses Ding immer herumpeitscht, muss zumindest das hintere Ende jeder Katze besessen sein.

»Max? Alles klar bei dir?«, reißt mich Laura aus meiner Schockstarre.

»Das kommt von da vorne!« Ich deute ans Ende der Straße.

»Boor!«

Zum zweiten Mal an diesem Montagmorgen verschieben wir unseren Arbeitsantritt auf unbestimmte Zeit nach hinten. So schnell wir können, stürzen Laura und ich zur Wohnung des Hausmeisters. Am schnellsten geht es quer zwischen den Häusern durch. Der Schnee liegt hier bestimmt zwanzig, dreißig Zentimeter hoch und auf dem kleinen Fußweg ist natürlich auch noch nicht gestreut. Dafür sieht man in dem ansonsten noch jungfräulichen Schnee umso deutlicher die frische Spur eines Vierbeiners, der sichtlich Mühe hatte, sich durch die weiße Masse zu kämpfen. Mit meinen Anzugschuhen habe ich ebenfalls so meine Schwierigkeiten, aber das ist mir völlig egal, wenn nur mein unausgesprochener Verdacht richtig ist …

Und tatsächlich: Einige Schritte vorm Balkon des Hausmeister komme ich zum Stehen. Auf dem Balkongeländer steht ein äußerst selten gesehener dreifarbiger Kater und faucht sich die Seele aus dem Leib. Direkt unter ihm brüllt ein wütender Klingone, dem sein Heimatplanet streitig gemacht wurde, nicht minder bedrohlich zurück.

Mir fällt ein Stein vom Herzen, als ich sehe, dass Elvis noch am Leben ist. Auf den ersten Blick sieht er sogar top in Form aus. Ein bisschen aggressiv vielleicht, aber ansonsten echt proper! Ich verfalle in ein langsameres Tempo und versuche die Lage zu sondieren, während ich mit behutsamen Schritten auf die beiden Streithähne zustapfe: »Macht keinen Scheiß, Jungs!«

Normalerweise wäre die Sache ganz einfach: Ich würde Kevin mit wütendem Gebrüll vom Balkon vertreiben und Elvis würde mit buschigem Schwanz in die Wohnung dackeln und so tun, als hätte er die Lage von Anfang an im Griff gehabt. Jetzt aber ist die Situation genau umgekehrt: Elvis hockt auf der gleichen[16] vorspringenden Katzenbaum-Etage, von der aus Kevin mich eine Woche zuvor beobachtet hat. Ebendieser hat die eingeschneite Katzentreppe etwa bis zur Hälfte erklommen und verharrt jetzt mit gebleckten Zähnen inmitten der Eiskristalle. Zwar faucht er bedrohlich, doch bei näherer Betrachtung wirkt sein Gehabe recht hilflos. Elvis hat schlichtweg die bessere Ausgangsposition: Nicht nur steht er höher als sein Angreifer, sondern auch halbwegs im Trockenen. Kevin hingegen ist Eis und Kälte schutzlos ausgeliefert. Dank meiner nicht-wintertauglichen Schuhe habe ich einen ganz guten Eindruck davon, wie sich die Schneeklümpchen zwischen Kevins Ballen anfühlen. Noch dazu dürfte der Klingone alles andere als ausgeschlafen sein. Die letzten achtundvierzig Stunden bei

16 Anmerkung Ferdinand Hiller: »derselben«.

Schulz hat er sich gut verausgabt, dann in der fremden Umgebung aber vermutlich eher schlecht als recht geschlafen.

Mittlerweile hat auch Laura zu mir aufgeschlossen und ich zeige freudig auf Elvis: »Bestimmt war der die ganze Zeit auf Boors Balkon …«

»… und hat es sich gemütlich gemacht, während draußen der Schneesturm wütete«, kombiniert Laura und deutet auf das unberührte Weiß auf der Katzentreppe oberhalb des fauchenden Kevin. In ihrer Stimme schwingt eine Menge Erleichterung mit.

»Wat es dat he för en Kasalla?«

Na klar, *jetzt* kommt der Mann mit dem Streusalz.

»Die Katzen sind wieder da!«, rufe ich freudig.

»Ävver wat määt dann et Elvis do bovve?«

»Also, Elvis hat wohl irgendwann vorletzte Nacht mal eure neue Treppe ausprobiert und ist dort vermutlich vom einsetzenden Schneefall überrascht worden«, erklärt Laura, und ich ergänze: »Aber weil Elvis so ein Schisser ist, hat er sich nicht mehr durch das unheimliche Weiß zurückgetraut. Deshalb ist die kleine Frostbeule notgedrungen da oben geblieben.«

»Ävver isch wur doch opp däm Balkon un han noh mingem Kevin jeluhrt und ooch ens jerufe. Do wor et nid do jewesen. Und ooch Foder han isch rus jestellt. Da wor kei Elvis …«

»Es ist ja ein Leichtes, sich in dieser Kratzbaumlandschaft zu verstecken. Vor allem mit den ganzen Kissen und Decken, nicht wahr?«, bemerkt Laura. »Und dass Elvis nicht auf dein Rufen reagiert hat, ist doch auch ganz logisch! Der ist erst rausgekommen, als du weg warst und hat dann ganz entspannt alles aufgefuttert …«

»Un isch han schun jedacht, Kevin hätt nor et Foder jefresse und wür denn ooch ens widder jejange … Ävver denn wür d'r jo nid do jewese.«

»Nee, stimmt, da wird sich dann Elvis dran bedient haben.«

»Un wu hätt denn ming Kevin dann jeschlofe?«

Eine sehr gute Frage.

»Ich wette, dass er es sich irgendwo nett gemacht hat«, versichert Laura diplomatisch. »Kevin ist ja sehr durchsetzungsfähig.« Eine nette Umschreibung für die Zerstörung eines ganzen Schlafzimmers. »Bestimmt war der auch mal ganz in der Nähe unseres Balkons …« (Nur eine Etage höher.)

Die Katzen haben sich nur kurz von der Ankunft des Hausmeisters ablenken lassen. Doch als sie merken, dass die komischen Zweibeiner nichts unternehmen außer zu labern, stimmen die beiden Möchtegern-Tiger wieder in ihre eigene kehlige Diskussion ein.

»Ävver dat jeht doch nid, dat et Elvis he opp ming Balkon rumvagabundiere deit«, erklärt der Hausmeister verzweifelt. »Dat es doch en Treppche för ming Kevin …«

Es ist aber keine spezielle *Klingonen*treppe, sondern eine herkömmliche *Katzen*treppe aus pseudo-chinesischer Massenproduktion.

»Das ist halt das Geniale an dieser Technologie«, grinse ich. »So ein Ding funktioniert in beide Richtungen …«

»Ävver luhr ens, wie ming Kevin Juch hätt …«

»Aber Jupp«, lache ich, »die spielen doch nur.«

»Do bess mi 'ne Jeck«, schimpft der Hausmeister wohl wissend, dass er mir genau das gleiche Argument an den Kopf geworfen hat, als ich mich mal über Kevins nächtliche Besuche beschwert habe.

»Wir können das jetzt aber mal beenden«, finde ich und trete näher an die Katzentreppe heran. Kevin, der mich eigentlich nur als seinen in Pyjamas gehüllten Verfolger kennt, macht auf der Stelle kehrt und flüchtet sich unter den Balkonvorsprung. Ich höre den Hausmeister wütend schnauben und Laura erklärt schnell: »Der Klügere gibt nach.«

Elvis blickt derweil aufgeregt über das Geländer hinweg. Doch die Klingonenkatze ist aus seinem Blickfeld verschwunden. Ich schiebe den verbliebenen Schnee von der Treppe und rede dann mit sanfter Stimme auf Elvis ein. Tatsächlich wagt sich der Kater auf das Holzbrett und tastet sich dann mit schier unendlicher Langsamkeit die Stege hinab. Als er auf meiner Schulterhöhe angekommen ist, will ich ihn packen und nach Hause tragen. Voll schön, den kuscheligen Fellball endlich wieder in den Armen zu halten! Diese Begeisterung wird allerdings absolut nicht erwidert: Auf eine Umklammerung hat der Kater mal so überhaupt keinen Bock. Elvis windet sich, bis ich endgültig die Kontrolle über ihn verliere. Er wirbelt durch die Luft und landet im Schnee. Wie angewurzelt steht er da und zieht soweit eben möglich den Bauch ein.

»Siehst du!«, lache ich. »Genau deswegen wollte ich dir helf…«

The Face sah seine Chance gekommen. Ohne zu zögern fiel er über den vom Sturz noch benommenen *Sir Lewis her.* Doch der Angegriffene reagierte ebenso blitzschnell. Inspektor *Zadow* sah noch, wie *Tom* ebenfalls seine Klingen zückte und sich mit einem gekonnten Sprung zu seinem Angreifer umdrehte. Schnee wirbelte auf und verbarg die Sicht auf das Kampf-

geschehen. Schreiend und fauchend kugelten die beiden Erzrivalen herum. Es war kaum zu erkennen, welche Schneide zu wem gehörte ...

Ebenso plötzlich wie alles begonnen hat, ist es auch schon wieder vorbei. Kevin nimmt auf einmal Reißaus und stürmt in den vermeintlich sicheren Heimathafen. Elvis will ihn verfolgen, aber ich bin schneller. Wieder packe ich ihn und dieses Mal lasse ich nicht so einfach los. »Okay, du kleiner Einbrecher«, schimpfe ich und halte den Kater noch fester, »nie mehr Lendenschweiß für dich.«

»Das möchten wir, glaube ich, gar nicht näher wissen«, raunt Laura dem Hausmeister zu, der aber ohnehin nur Augen und Ohren für seinen jaulenden Kevin hat: »Isch luhr eens noh et Kätzche ...« Mit diesen Worten verschwindet er eilig über den nur bis zur Gartenmitte gestreuten Fußweg (»Et hätt noh schlemmer kumme künn«). Wir blicken ihm nach und machen uns dann selbst aus dem Schneestaub. Elvis findet langsam Gefallen an dem Helikopter(-Papa)Flug über das kalte Weiß und blickt sich gespannt um, während ich ihn zurück zu unserer Wohnung trage.

»Gott sei Dank ist niemandem etwas passiert«, sage ich erleichtert und setze Elvis in der warmen Wohnung ab. Der rennt erstmal zu seinen Näpfen, als sei nichts gewesen.

»Naja«, wendet Laura ein, während sie ihre nassen Socken auszieht, »bis auf Goethe ...«

»Papperlapapp«, rufe ich und versuche, die klitschnassen Enden meiner Anzughose von meinen Unterschenkeln zu ziehen. Elvis kommt aus der Küche zurück, schnuppert kurz an meinen nassen Sachen und guckt sich dann gelangweilt im Wohnzimmer um.

Selbstgefällig ließ sich *Sir Lewis* in seinen Sessel fallen. Er schien sehr zufrieden mit dem Lauf der Dinge. *Big Jaw* war von den eigenen Leuten aus dem Verkehr gezogen worden, und was von der einst stolzen Verbrecher-Dynastie übrig war, zerfleischte sich derzeit selbst: *Old Spellin'* und *Lady Pug* würden in nächster Zeit jedenfalls Besseres zu tun haben, als sich in *Sir Lewis'* Angelegenheiten einzumischen. Seinem anderen großen Widersacher, *Kevin, der Nase,* hatte *Tom* eine Lektion erteilt, die weder *The Face* noch sein Patron so schnell vergessen würden. Und im eigenen Hause war *Sir Lewis* wieder die unangefochtene Nummer eins. *Mr. Schultze* würde ganz sicher nie wieder Scherze mit einem von *Lewis'* Schlag treiben, und bei der Staatsanwältin stand *Tom* so hoch im Kurs wie lange nicht mehr. Und alles, was er dafür hatte tun müssen, war, für einige Zeit unterzutauchen …

»Erzähl mir nicht, du wusstest, dass das alles so passieren würde, *Tom*!«, sagte *Zadow* mit einer Mischung aus Unglauben und Bewunderung. *Sir Lewis* blinzelte vielsagend und schloss dann die Augen. Ein echter Profi behielt solche Dinge für sich.

Kapitel 16

Tatortsgebunden

Das Licht der Bildröhre flackert durchs Wohnzimmer und erhellt Lauras erschöpfte Gesichtszüge. Sie ist schon in den ersten Minuten des »Tatort« eingenickt und hat überhaupt nicht mehr mitbekommen, dass ich zu Bud Spencer umgeschaltet habe. Immer, wenn ein Lichtstrahl ihre geschlossenen Augen trifft, drückt sie die Lider noch fester zusammen und auf ihrer Nase entstehen kleine Kringel. Ich streiche mit meiner Linken über ihre Schulter und gebe ihr einen Kuss auf die Stirn. Nur das flauschige Etwas in meinem rechten Arm ist fast noch ein bisschen niedlicher. Der Kater hat sich zu einer großen runden Fellkugel zusammengerollt, die nur eine einzige Unterbrechung zu haben scheint. Aus dieser erstaunlich kleinen Öffnung ragen dafür gleich zwei Ohren, etwa ein Dutzend Barthaare und vier Pfoten – eine davon sieht aus wie ein gigantisches Hühnerbein – heraus und erinnern daran, dass es sich hier nicht um das bequemste Kissen der Welt, sondern um ein lebendes Wesen handelt. Und fast so, wie sich Lauras Nase von Zeit zu Zeit kräuselt, zucken seine Ohren, wenn Bud Spencers dröhnende Lache aus dem Fernseher ertönt. Zusammen mit Terence Hill hockt er an einer Bar und leert schon das dritte Glas Whiskey. Noch feixen sie nur und drücken coole Sprüche, doch es ist bloß noch eine Frage von Augenblicken, bis die obligatorische Schlägerei losbricht. Spätestens das dürfte die beiden Schlafmützen aus ihren Träumen reißen. Meiner Verantwortung bewusst rolle ich den schlafenden Kater sanft auf die Seite und ziehe die Fernbedienung unter seinen Hinterläufen hervor. Sofort wird sein leichtes Schnarchen von einem vorwurfsvollen Schmatzen unterbrochen. Der Fellball entrollt sich zu einer langen haarigen Wurst, doch die Augen bleiben geschlossen. Stattdessen verzieht er das Gesicht und krallt sich mit seinen Vorderpfoten tief in meinen Oberarm. Manchmal glaube ich, der Kater besteht aus irgendeiner außerirdischen gallertartigen Masse, einem geheimnisvollen gummiartigen Material, das sich wahlweise zu einer Kugel zusammenrollen oder gar bis auf die Länge einer ausgewachsenen *Boa constrictor* ausdehnen lässt. Das alles wird nur getarnt von einem kuscheligen Fell, das dafür sorgt, dass jeder halbwegs emotionale Mensch dieser außerirdischen Macht verfällt.

»Ist ja gut, Flubber«, flüstere ich und klicke das Minus-Symbol auf der Fernbedienung, bis der Balken der Lautstärkenanzeige bei null angekommen ist. Dann streichle ich dem Kater über den Kopf. Sofort löst Elvis die Krallen und dreht sich – noch immer halb auf meinem Arm liegend – auf den Rücken und streckt die Vorderbeine lang von sich. Ein unmissverständliches Signal an mich, ihm die flauschige Brust und das Kinn zu kraulen. Ich tue ihm den Gefallen und fast automatisch streiche ich auch Laura durchs Haar. Unterdessen geht wie erwartet auf *Kabel 1* die Bar vor die Hunde. Herrlich. Halb dösend, halb der Schlägerei auf dem Bildschirm folgend liege ich da und lächle zufrieden vor mich hin. Alles gut.

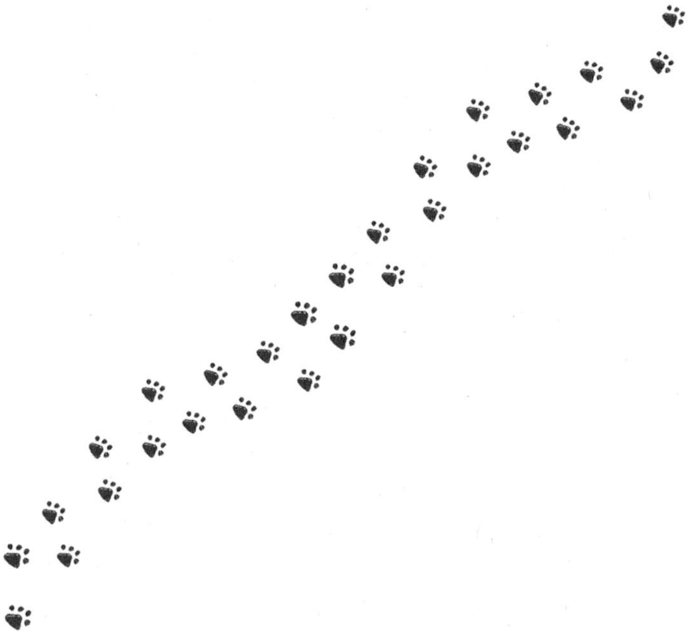

Epilog

Umzugvögel

Die Märzsonne strahlt überraschend kräftig und vertreibt die letzten kläglichen Schneereste aus dem Garten. Zwischen den dahinschwindenden Schneeinseln schießen sogar schon die ersten farbigen Krokusse aus der Erde.

Ja, ich behalte mir vor, auch in diesen Epilog mit ein bisschen zu viel Kitsch einzusteigen. Nach silbernem Vollmondlicht im ersten Buch folgen jetzt halt wider jede Wahrscheinlichkeit schmelzender Schnee und Frühlingsblumen zur gleichen Zeit. Diese überzeichneten Naturphänomene gehören nun mal zum guten Ton eines jeden verkappten Katzenbuches. Außerdem muss ich dem Schmetterling oben links auf dem Cover noch eine Existenzberechtigung erdichten, sonst heißt es wieder: »Im Winter gibt es aber keine Schmetterlinge! Da hat aber jemand schlampig recherchiert.« Also noch mal:

Die Märzsonne strahlt überraschend kräftig und vertreibt die letzten kläglichen Schneereste aus dem Garten. Zwischen den dahinschwindenden Schneeinseln schießen sogar schon die ersten farbigen Krokusse aus der Erde. Ich sitze auf dem Balkon und lasse mir die Frühlingsonne auf den Bauch scheinen. Der Kater tut es mir auf dem anderen Gartensessel gleich. Zufrieden schnarcht er vor sich hin und verpasst doch glatt den ersten Schmetterling dieses Jahres, der nur wenige Meter von uns entfernt vorbeiflattert. Außerdem registriert Elvis noch nicht einmal den Erdspecht, der dort freudig auf der freigelegten Grünfläche pickt und ackert. Ich beobachte den Vogel eine Weile bei der Arbeit. Wirklich bemerkenswert. Plötzlich hält der Specht inne und blickt sich aufmerksam um. Ich höre und sehe nichts Auffälliges, bemerke aber, dass Elvis' Schnarchen aussetzt und sich seine Ohren wie zwei Satellitenschüsseln neu ausrichten. Kurz darauf öffnet der Kater die Augen und hebt den Kopf. Elvis ist sofort hellwach. Gleichzeitig stürzt der Erdspecht mit einem aufgeregten Trällern davon und verschwindet in den Baumwipfeln. Dann – vielleicht vier oder fünf Sekunden später – vernehme auch ich, was die beiden Tiere aus der Ruhe gebracht hat: Von links stürmt ein riesiger Bernhardiner in den Garten. Aufgeregt rennt er mehrere Runden und bleibt wahllos stehen, um an einem Schneehaufen, einem Gebüsch oder einer Blume zu schnüffeln.

Elvis und ich springen gleichzeitig auf, um einen besseren Blick auf das Ungetüm zu haben.

»Was zur …?«

Der riesige Hund grunzt begeistert und gibt mehrfach ein lautstarkes »Wau, wau« von sich.

Hmm, »Wau, wau« trifft es so gar nicht, und auch ein »Wuff, wuff« klingt viel zu harmlos. Vielleicht sollte ich es doch mit der Logik von Praxishelferin Sabine halten?

Der riesige Hund grunzt begeistert und gibt mehrfach ein lautstarkes »Bow-wow« von sich.

Ja, das ist besser!

Mit jedem »Bow-wow« verdoppelt sich das Volumen von

Elvis' Schwanz und der Buckel des Katers wird so spitz, dass man ihn als Stichwaffe einsetzen könnte.

Gerade mache ich Anstalten, das Vieh zu vertreiben, als ihm zwei Personen in den Garten folgen. Sie sind schwer beladen mit jeder Menge zerdrückter Ikea-Verpackungen und steuern die Müllcontainer an.

»Hierher, Hamlet! Hierher!«, hallt eine Jungenstimme hinter dem einen Stoß Altpapier hervor. Begeistert dreht der Hund um und reißt die beiden fast zu Boden.

»Pass auf, Hamlet!«, lacht der andere Papierstapel in einer unverkennbar hellen Mädchenstimme.

Trotz ständiger Behinderung durch das bellende Kalb schaffen die beiden es irgendwie zu den Müllcontainern und stopfen die riesigen Pappcartons in den erstbesten Container. Hinter den Papierbergen kommen zwei junge Gesichter zum Vorschein.

»Die sind doch noch keine zwanzig Jahre alt«, raune ich Elvis zu. Doch der Kater hat immer noch nur Augen für die gigantischen Lefzen von Hamlet, die sabbernd durch den Garten tanzen. Elvis' Kopf springt hin und her, um den herumwirbelnden Hund zwischen den wenigen Schlitzen der Balustrade im Auge behalten zu können.

Als die beiden Kinder auf einer Höhe mit unserem Balkon sind, mache ich auf mich aufmerksam: »Entschuldigen Sie bitte!«

»Entschuldigen Sie bitte!« ist noch viel besser als »Kann ich Ihnen helfen?«. Im ersten Moment suggeriert der Satz, dass man sich selbst für eine Störung oder Unterbrechung des anderen entschuldigen wolle. Denkt man aber genauer darüber nach, so kann es ebenso gut als Aufforderung an das Gegenüber verstanden werden, sich umgehend zu entschuldigen. Auf diese rhetorische Finesse hat mich seinerzeit nicht etwa ein sprachwissenschaftlich hochbegabter Exnachbar gebracht, sondern unser sprachlich eher begrenzter Hausmeister.

»Oh, hallo!«, ruft das Mädchen übermäßig freundlich zurück und bleibt sofort stehen. Keine Chance, dass ich mich jetzt von einem netten Lächeln einlullen lasse.

»Was glauben Sie eigentlich, was Sie da machen?«

»Wir sind die Neuen«, strahlt sie mich an und der Junge nickt: »Wir sind Valentin und Jana. Wir wohnen gleich da drüben.«

Er dreht sich suchend um und verharrt dann mit ausgestrecktem Zeigefinger auf dem ehemaligen Hillerschen Balkon.

»Ja, wir fangen hier jetzt im Sommersemester mit dem Studium an«, strahlt Jana immer noch wie ein Honigkuchenpferd. »Valentin will Vergleichende Literaturwissenschaften studieren und ich fange mit Jura an. Ich will Staatsanwältin werden …«

So, so, Literaturwissenschaften. Das hat in dieser Wohnung ja Tradition. Mit einem aufgesetzten Lächeln versuche ich freudige Zustimmung zu vermitteln. Mein gequälter Blick bleibt an Hamlet hängen.

Jana bemerkt meinen Blick und erklärt dann lachend: »Und das ist Hamlet. Alles, was der studieren will, sind die spannenden Gerüche im Garten.«

»Ja, das geht übrigens gar nicht«, sage ich entschieden und blicke auf Elvis, der immer noch den neuen Feind taxiert.

»Was geht nicht?«

»Ja, dass jetzt immer euer Hund hier durch den Garten rennt!«

Die beiden blicken mich sprachlos an und ich schiebe hinterher: »Wisst ihr, wir haben hier einen sehr seltenen männlichen Schildpatt-Kater, für den der Garten Lebensraum ist …«

»Das ist doch cool!«, ruft Jana.

»… und euer Shakespeare …«

»Hamlet!«

»… und euer Hund stellt eine Riesenbedrohung für den Kater dar.«

»Ach, das glaube ich nicht«, sagt Jana, während Valentin sein Smartphone zückt und hastig den Touchscreen bearbeitet.

»Na klar«, sage ich. Während ich noch überlege, ob ich auch noch die äußerst seltene Klingonen-Katze in die Waagschale werfen soll, höre ich, wie Valentin seiner Freundin zuraunt: »Guck mal hier: Es gibt gar keine männlichen Schildpatt-Katzen. Das ist genetisch ausgeschlossen.«

»Das ist bestimmt alles nur ein Missverständnis«, raunt sie zurück und sagt dann wieder laut in meine Richtung: »Mit den Tieren finden wir bestimmt eine Lösung. Hamlet ist ein ganz Braver, nicht wahr, Hamlet? Mach mal ›Sitz‹!«

Der Köter setzt sich vermeintlich treudoof auf seine vier Buchstaben. Doch ich sehe genau, wie seine Nüstern arbeiten und die Fährte zur Katzentreppe aufnehmen. Der Geruch von Katze gepaart mit einem Hauch von Lendenschweiß – es ist nur eine Frage der Zeit, bis hier ein Massaker geschieht …

»Nun ja, wir werden sehen«, sage ich unverbindlich. »Schönen Einzug weiterhin!«

»Danke«, entgegnet Valentin trocken. »Komm, Hamlet!«

Ich blicke den beiden nach. Der Wind trägt Valentins Stimme bis an mein Ohr: »Der Typ ist irre …«

»Hey!«, rufe ich den beiden nach. »Und wegen der Mülltonnensituation: Gelb ist nur für Plastik. Das Altpapier gehört in die blaue Tonne. Da muss man halt mal ein bisschen stopfen, wenn die schon voll ist …«

»Ja, danke«, ruft Jana zurück, ohne stehenzubleiben.

Kaum sind die drei aus unserem Blickfeld verschwunden, stürzt Elvis die Katzentreppe hinab und nimmt todesmutig die Verfolgung auf.

»Pass bloß auf dich auf!«, rufe ich ihm nach. Ein sinnloser Satz, der vermutlich noch nie in der Geschichte der Menschheit dazu geführt hat, dass tatsächlich jemand besser auf sich aufgepasst hätte, weil jemand anderes ihn vorher darum gebeten hat.

»Willst du nicht wenigstens die Catcam …«

Der Kater bleibt kurz stehen und guckt mich verwundert an. Vermutlich überlegt er, ob es überhaupt noch Sinn macht, mir noch mal eine Maus mitzubringen.

Schwer verdauliches Leckerli

Was Jupp Boor uns diesmal sagen wollte …

Kapitel 1 – Winter is coming

Do bis ooch en janz clever Kerlche […] udder is dat, weil do jetz ooch off ding Arbeid Dedektiv bess?
Du bist auch ein ganz cleveres Kerlchen […] oder hat das damit zu tun, dass du jetzt auf deiner Arbeit Detektiv bist?

Föhl disch leever jeehrt, dass do mih helfe darfst. För de Lück us China es dat Nohmaache vun Saache un so a janz jroßes Baselmanes.
Fühl dich lieber geehrt, dass du mir helfen darfst. Für die Chinesen ist das Kopieren von Gegenständen ein ganz großes Kompliment.

Jetz maach he ens nit su en Kasalla! Versproche es versproche!
Jetzt mach hier mal keinen Aufstand! Versprochen ist versprochen.

Isch bring di ooch direktemang en Kaffeepöttche un en halve Hahn.
Ich bringe dir jetzt auch einen Kaffee und einen ›Halven Hahn‹.

Halve Hahn
Käsebrötchen

Su, he kütt wat jäje ding Drissjesicht, ming Jong.
So, hier kommt was gegen deine schlechte Laune, mein Junge.

Do wiß jar nix, Max Zadoof.
Du weißt gar nichts, Max Zadoof.

Och, Driss. Dat es et Winterfell.
Ach Blödsinn. Das ist das Winterfell.

Hä? Och nü, et Balkon-Nazis …
Hä? Och nö, die Balkon-Nazis.

Wat han m'r dann hück opp däm Hätze?
Was haben wir denn heute auf dem Herzen?

Dass et Jong söchtig opp de Flimmerkist es, han m'r scheer jewoß. Dofür muß mer nit esu en Jedöns maache.
Dass der Junge süchtig nach der Flimmerkiste ist, haben wir doch schon längst gewusst. Darum müssen wir hier nicht so einen Aufstand machen.

Wat es nu lus he?
Was ist denn nun hier los?

Ach, do leeve Zick …
Ach du liebe Zeit …

Et kütt wie et kütt. Su schlemm dat es.
Es kommt wie es kommt. So schlimm das ist.

Dat hätt ma nit mih jood jejange …
Das ist mal nicht mehr gut gegangen …

Kapitel 2 – Status Quä

Et kütt, et kütt …
Es kommt, es kommt …

Leeven Dank!
Lieben Dank!

Natörlich. Wat welle m'r dann maache? Met die Jrav för ding Vuggel moss isch ens luhre, ob dat im Jaade loofe deit. Isch gläuve ävver scheer. Dat maache m'r scheer klor …
Natürlich. Was wollen wir denn machen? Mit dem Grab für deinen Vogel muss ich mal schauen, ob das im Garten möglich ist. Ich denke aber schon. Das machen wir schon klar …

Jo, dat es jood.
Ja, das ist gut.

Ming Kevin? Woröm?
Mein Kevin? Warum?

Nü, Nü, et Jong hätt et janze Naach he opp de Sessel jeschlofe. Dat es ooch sing Kösse he. Doröm deit et ooch eens su finster luhre, weil isch da schun unjefragt drin plaatze dun.
Nö, nö, der Junge hat die ganze Nacht hier auf dem Sessel geschlafen. Das ist auch sein Kissen hier. Deswegen schaut der mich jetzt auch so böse an, weil ich mich hier ungefragt hingesetzt habe.

Da hätt sisch ävver wä Müh' jemaach.
Da hat sich jemand aber Mühe gegeben.

Udder et wur ja keen Katz, sundern 'ne and're jecke Teer …
Oder es war gar keine Katze, sondern ein anderes tollwütiges Tier …

Kapitel 6 – Muskel(kater)spielchen

Mach et jood, ävver nit zo off.
Mach es gut, aber nicht zu oft.

Et es wie et es.
Es ist wie es ist.

Kapitel 10 – Das Gelbe vom Ei

Kevin, ming Jong, wu bess do?
Kevin, mein Junge, wo bist du?

Kevin? Kevin?
Kevin? Kevin?
(Sicherheitshalber, beim Kölschen weiß man ja nie so ganz genau …)

Wann de Bekloppte dohinger stecke dun, denn jit et ävver wat. Denn loße mer d'r Dom ävver nid mih en Kölle, denn kütt ›halve Hahn‹ en janz neue Senn, denn hätt et hi ävver eens richtich knollich Kasalla …«
Wenn die Bekloppten dahinterstecken, dann setzt es aber was. Dann bleibt die Kirche aber nicht mehr im Dorf, dann bekommt die Bezeichnung ›halve Hahn‹ einen ganz neuen Sinn, dann gibt es hier aber richtig derbe Ärger …

Kapitel 13 – Schnapsdrosselung

Et Fänsinn han isch he noch nid jesenn.
Das Fernsehen habe ich hier noch nicht gesehen.

Dat es wuhr.
Das ist wahr.

Dat es en janz rumorig Jong jewese, et Vuggel. Et hätt ooch emmer jebälkt, wann et wat jeluhrt hätt. Und dann ävver nid, wann da en Katz vur sing Hus ston deit? Janz sischer nid …
Das ist ein ziemlich lauter Junge gewesen, der Vogel. Der hat doch immer lauthals gekrächzt, wenn der irgendwas gesehen hat. Und dann aber ausgerechnet nicht, als eine Katze vor seinem Käfig gewesen sein soll? Ganz sicher nicht …

Do sähs do wat. Isch gläuv, ming kleen Fründ es ooch allt noh drenne jezoge.
Da sagst du was. Ich glaube, mein kleiner Freund ist auch schon nach drinnen gezogen.

Dat es ne janz joode Korn, den m'r he han …
Das hier ist ein ganz guter Korn …

Et bliev nix wie et wor.
Es bleibt nichts wie es war.

Kapitel 15 – Schildpattsituation

Wat es dat he för en Kasalla?
Was ist das hier für ein Lärm?

Ävver wat määt dann et Elvis do bovve?
Aber was macht denn Elvis da oben?

Ävver isch wur doch opp däm Balkon un han noh mingem Kevin jeluhrt und ooch ens jerufe. Do wor et nid do jewesen. Und ooch Foder han isch rus jestellt. Da wor kei Elvis …
Aber ich war doch auf dem Balkon und habe nach meinem Kevin Ausschau gehalten und auch nach ihm gerufen. Da war der nicht da gewesen. Und sogar Futter habe ich rausgestellt. Elvis war da nicht …

Un isch han schun jedacht, Kevin hätt nor et Foder jefresse und wür denn ooch ens widder jejange … Ävver denn wür d'r jo nid do jewese.
Und ich habe gedacht, Kevin hätte nur schnell was gefressen und wäre dann direkt wieder gegangen … Aber dann ist der ja überhaupt nicht zu Hause gewesen.

Un wu hätt denn ming Kevin dann jeschlofe?
Und wo hat mein Kevin dann geschlafen?

Ävver dat jeht doch nid, dat et Elvis he opp ming Balkon rumvagabundiere deit.
Aber das geht doch nicht, dass Elvis hier auf meinem Balkon herumstreunt.

Dat es doch en Treppche för ming Kevin …
Das ist doch eine Treppe für meinen Kevin …

Ävver luhr ens, wie ming Kevin Juch hätt …
Aber schau mal, wie viel Angst mein Kevin hat …

Do bess mi 'ne Jeck.
Du bist ein verrücktes Huhn.

Isch luhr eens noh et Kätzche …
Ich schau mal nach dem Kätzlein …

Et hätt noh schlemmer kumme künn.
Es hätte auch noch schlimmer kommen können.